복
날은
간다

박 성 천 소 설 집

복날은 간다

눈에 힘을 줘야 해. 그래야
녀석들이 얕잡아 보지 않으니까.

"컹, 컹." 갑자기 복구가
윤석을 향해 뛰어 오른다.

문학들

차례

검은어항

그녀는 외딴집에서 이대로 죽는 게 아닌가 생각이 들자 와락 설움이 복받쳤다. 마을로부터 격리된 폐가. 형체를 알아볼 수 없을 정도로 부패한 시신이 방바닥에 놓여 있고 코를 찌르는 악취가 진동한다. 방바닥에 꿈틀거리는 무수히 많은 구더기들이 시신을 야금야금 갉아먹고 있다. 그녀는 온몸에 소름이 돋았고 발작을 일으키기 직전의 환자처럼 숨이 막혔다. 이번 겨울이 지상에서 보내는 마지막 계절이 될지도 모른다는 두려움이 밀려온다. 벽면을 타고 불길한 기운이 서서히 흘러내린다.

그녀는 한숨을 내쉬다 말고 거실 한쪽에 놓인 어항으로 눈길을 돌린다. 투명한 유리구슬 모형의 어항이 야광 불빛을 받아 반짝인다. 산소장치 흡입구를 따라 연신 물거품이 피어오른다. 물고기들이 지느러미를 꼬리칠 때마다 해초가 너울거린다. 모두 다섯 마리. 며칠 전 그녀가 식당 앞에 비치된 초록물고기라는 게임기에서 건져 올린 것이다. 바늘구멍만 한 작은 눈들이 앙증맞다 못해 다소 야멸스러워 보인다.

윗목엔 오래된 냉장고가 놓여 있다. 그녀가 결혼할 때 마련한 혼수품이다. 햇수로 10년이 넘었지만 당시만 해도 최신형 모델에 용량도 가장 컸었다. 그러나 언젠가부터 이상한 소음이 새어 나오기 시작하더니 며칠 전부터는 발작을 하듯 부르르 떠는 소리가 들렸다. 그녀는 잠결에 화들짝 깨고 말았다. 그날 이후로 냉장고 소음은 새벽잠을 깨우는 불청객이 되고 말았다.

그러나 불행 중 다행으로 삼사일 전부터 냉장고가 작동을 하지 않는다. 그녀는 고장보다 차라리 더 이상 소음을 듣지 않아도 된다는 생각에 안도감마저 들었다. 하얗게 탈색되어 버린 백색의 관(棺). 어서 빨리 그녀가 죽기만을 기다리는 저승사자 같기도 하다. 그녀는 매일 밤 자신의 몸뚱이만 한 관을 옆에 두고 잠자리에 드는 것 같다. 쓸모없이 버려진 냉장고가 흡사 자신의 몸뚱이를 닮았다는 생각을 떨쳐 버릴 수 없다.

고장 난 냉장고를 볼 때면 절해고도에 떠 있는 듯한 생각을 지울 수 없다. 미세한 떨림과 윙윙거리는 소리가 머릿속을 파고든다. 이따금씩 짝을 부르는 짐승들의 울음소리와 도로를 횡단하다 비명횡사하는 짐승들의 울음소리가 들릴 때가 있다. 그녀는 머리끝까지 이불을 잡아당긴다.

놈들은 뜰채를 잘도 피한다. 물거품이 이는 수족관은 폭풍 전야의 바다를 옮겨 놓은 듯 묵직한 침묵이 깃들어 있다. 벽면에 비치는 작은 모형물 그림자가 쉴 새 없이 흔들린다. 물고기들은 게임기 안에 내장된 조그만 수족관 안을 이리저리 헤집고 다닌다. 살짝살짝 꼬리를 치다 재빨리 방향을 틀거나 오랫동안 수족관 벽면을 응시하기도 한다. 녀석들 대부분은 머리 위를 지나는 그물에 대해 이렇다 할 신경을 쓰지 않는다. 그러다 가까이 이상한 물체가 다가왔다고 느끼면 곧바로 자리를 피해 버린다. 감각적이다. 더러 어느 녀석들은 사뭇 신경질적인 반응을 보이기도 한다. 꼬리로 수족관 벽면을 날렵하게 때리고 구석으로 달아나는가 하면 어떤 녀석은 주둥이를 삐죽 내밀고는 그물채를 공격하기도 한다. 충혈된 눈빛을 쏘아대며 연신 물거품을 일으키기도 한다. 그것도 잠시 한 녀석이 어느 한쪽으로 방향을 틀면 다른 녀석들도 이에 뒤질세라 줄레줄레 뒤를 따른다. 그때부터는 조금만 그물이 근접해도 필사적으로 도망을 치기 시작한다. 덩치가 크고 힘 있는 녀석은 약하고 동작이 굼뜬 어린 것을 밀치고 안전한 곳으로 숨어든다. 그리고는 벽면 안쪽에 배를 바짝 붙인 채 입을 벙긋벙긋 벌리며 물기둥을 연신 쏘아 올린다.

식당 앞에 초록물고기라는 게임기가 설치된 것은 한 달 전이었다. 뜰채를 이용해 물고기를 잡을 수 있도록 고안된 게임기다. 살아 있는 물고기를 직접 잡는다는 것은 그 자체로 짜릿한 쾌감이었다. 처음엔 호기심으로 쳐다보기만 하던 사람들이 언젠가부터 서로 게임을 하려고 난리다. 오백 원짜리 동전을 투입하면 두 번의 기회가 주어진다. 레버는 상하좌우로 움직이게 돼 있다. 매회 두 번의 정지 기회가 주어지는데 한 번 스위치를 누르면 더 이상 위치를 변경할 수 없다. 고정된 위치에서 뜰채를 수직으로 내리다가 목표 지점에 도달하면 다시 한 번 버튼을 누른다. 그러면 물고기가 뜰채에 걸려든다. 그러나 대부분의 물고기는 그물이 가까이 오면 재빨리 벗어나 버린다. 웬만큼 정신을 집중하지 않고는 물고기를 잡기란 불가능하다.

주인 남자가 초록물고기 게임기를 설치한 것은 매상을 높이기 위한 전략에서였다. '섬'이라는 간판을 내건 식당은 아구탕, 대구탕, 생태탕 등 해물요리를 주 메뉴로 한다. 주인 남자는 식당을 개업한 뒤로 뭔가 매상을 올릴 방법이 없을까 고민하던 중이었다. 때마침 건너편 편의점에 인형뽑기 게임기가 설치되었고, 남자는 이와 유사한 초록물고기 게임기를 들여놓을 생각을 했다. 예상은 적중했다. 얼마 시간이 지나자 어른들은 너나없이 게임기 레버를 잡으려고 안달을 했다.

그녀는 처음엔 그저 호기심으로 초록물고기 게임기를 바라봤다. 식당 허드렛일을 하기에도 시간이 모자란 판에 게임을 한다는 것은 꿈에도 생각하지 못했다. 그러나 사람의 눈이란

마술과도 같은 묘한 흡입력을 지니고 있나 보았다. 자주 보다 보니 어느새 익숙해지는 자신을 발견할 수 있었다. 그녀는 주인 남자가 잠시 자리를 비운 사이 재미로 몇 번 해 보고는 완전히 게임에 빠져 버렸다. 하루라도 게임을 하지 않으면 손가락 마디가 근질근질할 정도였다. 한 번 레버를 잡으면 물고기를 낚아 올릴 때까지는 도저히 자리를 뜰 수 없었다. 그녀는 사람들이 도박이나 사행성 오락에 빠지면 좀처럼 빠져나오지 못하는 이유를 짐짓 이해할 것도 같았다.

문제는 물고기를 뜰채로 잡아 올리는 게 생각만큼 쉽지 않다는 사실이었다. 여간 집중을 하지 않고는 물고기를 낚을 수 없었다. 한동안 레버를 붙들고 물고기와 씨름을 하다 보면 불현듯 물고기로 변해 버린 것이 아닌가 착각이 들었다. 어느 때는 어항 속의 물고기가 되어 버렸으면 싶을 때도 있었다.

머리가 무겁다. 며칠째 두통이 지속되고 있다. 무언가 똬리를 틀고 있는 것처럼 머릿속이 묵직하다. 그녀는 세차게 고개를 흔든다. 머릿속을 짓누르고 있던 잡념들이 후두둑 떨어져 내린다.

이혼서류에 도장을 찍기 바쁘게 이곳으로 온 뒤로 그녀는 한동안 바깥출입을 하지 않았다. 스스로에게 가한 유배의 시간이었는지도 모른다. 모든 게 싫었다. 아무도 만나고 싶지 않았고 아무 일도 하고 싶지 않았다. 그렇게 반년 가까운 시간을 음지의 식물처럼 살았다. 손가락에서 물이 빠져나가듯 그저 그렇게 시간이 흐르기만을 기다렸다. 그러다 한 달여 전부터 그녀는 문득 이래서는 안 되겠다 싶은 생각이 들었다. 집에만 틀어박혀 있다 보니 부지불식간에 어두운 방향으로 감정이 치달았다. 뭔가 불길한 일이 일어날 것 같은 예감이었다.

그녀는 손님이 없는 한가한 시간에 레버를 잡아보았다. 주인이 매일 한 번씩 은행에 들르는 시간이었다. 점심시간이 지나고 나면 조금 느긋해지는 때라 레버를 잡을 여유가 생겼다. 그때는 물고기들도 이편의 마음을 아는지 움직임도 둔해진다. 처음엔 손끝이 사시나무 떨리듯 하더니 이제는 제법 요령이 생겼다. 다른 무엇보다 푸른 물속을 오랫동안 들여다보고 있으면 마음이 가라앉곤 했다. 집 안에 틀어박혀 폐인이나 다름없는 생활을 하던 때와 비교하면 엄청난 변화였다. 며칠 전, 그녀는 밥을 하려다 쌀이 떨어진 것을 알고서야 비로소 정신을 차릴 수 있었다.

수년 간에 걸친 결혼생활은 그런 대로 행복했었다. 아이 문제만을 제외한다면 여느 부부들과 별반 다르지 않았다. 남편은 자상했고 이해심이 많은 남자였다. 남편이 부모로부터 물려받은 학원 사업은 그런대로 잘 되었다. 그녀는 남편을 많이 사랑했다. 자신의 부족한 점을 사랑으로 덮어 주는 자상한 사

람이었다. 시댁 식구들도 나름 교양이 있고 배려심이 있는 사
람들이었다. 겉으로 봐서는 아무런 문제가 없었다. 그러나 웬
일인지 아이가 생기지 않았다. 결혼 생활 내내 그녀는 몸속에
무거운 추를 하나 매달고 있는 느낌이었다.

　병원에서는 이렇다 할 이상은 없다고 했다. 몸을 따뜻하게
하고 배란기에 맞춰 부부관계를 가지면 자연히 임신이 될 거
라는 말만 되풀이했다. 그러나 기적은 일어나지 않았다. 수년
간 아이를 가지려 별의별 노력을 다 해 보았지만 번번이 헛수
고로 끝나고 말았다. 남편과의 사이에는 점점 보이지 않는 벽
이 생기기 시작했다. 어느 샌가 시댁 식구들과의 사이에도 틈
이 벌어졌다. 그녀는 문득 자신이 깨진 질그릇 같다는 생각이
들곤 했다. 잡초 더미에 버려진 딱딱한 진흙덩어리 그 이상도
이하도 아니었다.

　도저히 어른들의 압력을 물리칠 수 없을 것 같아. 겉으로는
괜찮다고 하지만 속은 하루라도 빨리 손주를 보기 원하시거
든. 물론 당신은 그런 시부모님을 고리타분하다고 생각할 거
야. 그런데 어쩌겠어, 그 연배 어른들은 핏줄에 대한 애착이
강하신 걸….

　남편은 시부모님의 눈치를 못 견뎌했다. 처음엔 아무렇지
않다는 식으로 말하더니 점점 부담스러워하는 기색이 역력했
다. 학원 운영이 어려워지면서부터는 그녀를 대하는 눈빛이 달

라졌다. 그러더니 언젠가부터 아예 자포자기를 하는 것 같았
다. 다른 일에는 든든한 바람막이를 해 주었지만 아이 문제에
서만큼은 어른들의 등쌀을 이겨 내지 못했다. 어쩌면 그것은
어른들의 등쌀만으로 치부할 수도 없는 문제였다. 결혼한 지
십 년이 훨씬 넘은 남자가 자식을 갖기 원하는 것은 지극히 당
연한 일일 터였다. 남편은 꽤 오랫동안 불모의 기간을 참아 주
었는지 몰랐다. 그럼에도 문득문득 남편이 등을 보인 채 곯아
떨어져 있을 때면 적잖이 야속해 보였다. 건널 수 없는 강이,
넘을 수 없는 벽이 그녀와 남편과의 가로놓여 있는 듯했다.

먼저 이혼을 꺼낸 건 그녀였다. 남편의 어색한 침묵과 꾸며
낸 듯한 배려가 싫었다. 집 안은 늘 알맹이가 쏙 빠져나간 열
매의 껍질처럼 허허롭고 쓸쓸했다.

점심때가 되자 식당은 눈코 뜰 새 없이 바빠지기 시작한다.
주위에 관공서와 금융가를 끼고 있어 손님이 많은 편이다. 다
행히 음식이 맛있다고 소문이 나 식사시간이면 빈 테이블이
없을 정도다. 어느 땐 밖에까지 줄을 서기도 한다. 손님들이
들고나는 소리, 게걸스럽게 음식을 먹는 소리, 숟가락과 그릇
이 부딪치는 소리, 자잘한 소리들이 뒤섞여 홀은 온통 소음의
집하장으로 변해 버린다.

오늘은 예약 손님이 많아 평소보다 훨씬 북적인다. 기온이

영하까지 내려가서인지 손님들은 대부분 뜨끈한 국물이 있는 탕을 주문했다. 그녀는 이곳저곳에서 부르는 통에 잠시도 가만히 있을 수 없었다. 접시 가져와라, 육수를 더 달라, 밑반찬이 없다, 물은 왜 안 가져오느냐, 요구사항은 끝도 없다. 더구나 탕은 손님 각자에게 뚝배기로 나가기 때문에 다른 음식에 비해 배로 번거롭다. 펄펄 끓는 뚝배기를 나르다 보면 정말이지 머리끝이 곤두선다. 팔이 저리고 어깨가 쑤시는 것쯤은 아무것도 아니다. 자칫 뚝배기를 떨어뜨렸다가는 뜨거운 국물을 뒤집어쓰기 십상이다.

한 팀이 식사를 끝내고 자리에서 일어선다. 각기 빈 접시를 주었지만 하나같이 상 위에다 뼈를 바르고 국물을 너저분하게 흘려 놓았다. 어떤 손님은 형체를 알아볼 수 없도록 동태 머리까지 잘근잘근 씹어 뱉어 놓기도 했다. 찢겨진 생선의 잔해는 보푸라기가 일어선 누더기 옷을 보는 것 같다. 그녀는 바로 행주를 든다. 곳곳에 널브러진 아가미는 고장 난 선풍기의 프로펠러를 닮았다. 금방이라도 바람 소리를 내며 푸른 물줄기를 빨아올릴 것 같다. 바로 옆에는 라면 줄기처럼 엉긴 노란 알덩어리가 보인다. 어미의 자궁 속에 있다 미처 물속 세상을 구경하기도 전에 흔적 없이 사라져 버린 생명들. 상 위의 풍경은 마치 복잡한 퍼즐을 함부로 흩뜨려 놓은 것 같다. 저것들을 일일이 꿰맞추면 온전한 물고기의 형태를 되찾을 수 있을까. 수

조 속을 헤엄치던 기억과 시간을 재생시킬 수 있을까. 그녀의 머릿속에 부질없는 생각이 피어오른다.

얼굴 한쪽이 얼얼하다. 알 수 없는 날카로운 시선이 느껴진다. 상 한쪽에 흐물흐물한 동그란 살덩이가 이편을 노려본다. 동태 눈알이다. 엷은 김이 모락모락 피어나는 동태 눈알은 뼈와 살이 정교하게 발라진 몸통 한가운데 놓여 있다. 뼈만 남은 몸통 윗부분에는 화살촉처럼 날렵하게 생긴 머리가 달려 있다. 노란 타원형의 눈알과 삼각형의 머리는 이질적인 대조를 이룬다. 부풀어 오른 눈알은 이내 터져 버릴 것 같다. 그녀를 향해 갈가리 찢긴 몸의 형체를 되돌려 달라며 항의를 하는 것 같다. 그녀는 가만히 눈알을 손 위에 올린다. 뜨겁고 미끈한 액체가 흘러 손바닥을 적시고 아래로 흘러내린다.

문득 그녀 눈앞에 희미한 그림자가 살아난다. 식당 일을 하면서 부쩍 헛것이 보이기 시작했다. 다리가 떨리고 현기증이 일어난다. 두 다리 사이로 무엇인가 빠져나가는 것 같다. 정지 버튼을 누른 것처럼 그것은 서서히 실루엣으로 바뀐다. 얼마 후 허공에 둥그런 상(像)이 그려진다. 갓난아기가 빙긋 웃고 있다. 갑자기 바람이 불어온다. 아기의 팔과 다리가 떨어져 나가고 그리고 얼굴이 흔적 없이 지워져 버린다. 몸통은 비닐봉지처럼 투명하다. 곧이어 눈과 귀와 코가 사라진다. 얼마 후 눈썹마저 바람에 흩어져 아이의 몸은 조금의 흔적도 남아 있지 않다. 어디엔가 블랙홀이 있어 그곳으로 빨려 들어가 버렸을까. 그녀는 허공을 향해 손을 휘저어 본다.

게임기의 수족관 내부에선 연신 흰 포말이 일어난다. 물고기의 움직임이 만들어 내는 투명한 일렁임이다. 표면에 어린 물방울들은 하나하나 어른거리는 실루엣으로 바뀐다. 그 서슬에 수십 개의 유리창이 만들어진다. 물의 표면에서 만들어진 사각의 유리창 사이로 지난 일들이 부지불식간에 반사된다. 마치 푸른 물 어딘가에 드리워진 커다란 눈동자가 그녀를 뚫어지게 응시하고 있는 것 같다. 수족관은 침묵이 흐르는 심연의 바다다. 그 바다가 그녀의 몸으로 흘러들어 빈 자궁 속을 채워 줄 것 같다.

커튼 사이로 스며든 달빛이 방 안에 짙은 음영을 드리운다. 커튼은 빛을 분산시키는 미다스의 손이다. 커튼이 건네는 위로는 따스하다. 식당 일은 밤 열 시가 넘어서야 끝난다. 집에 들어오면 피로가 파도처럼 밀려온다. 방은 언제나 출렁이는 작은 바다가 된다. 커튼 그림자의 끝머리가 방 한쪽에 놓인 어항 속으로 스며든다. 물과 섞이지 못하는 그림자는 흔적 없이 부서진다. 물고기는 입을 벙긋거리며 수면으로 올라와 희미한 음영을 집어삼키려 아가미를 부지런히 움직인다. 뽀글뽀글-. 뽀글뽀글-. 산소장치에서 깨알처럼 톡톡 튀어 오르는 물의 입자들. 물고기는 꼬리를 흔들어 대며 어항 밖의 그녀를 향해 미소를 짓는다. 입을 삐죽이는 모습은 옹알이를 하는 갓난아기 같다. 녀석들은 며칠 전 초록물고기 게임기에서 뜰채로 건져 올린 것들이다. 주인 남자는 그녀에게 집중력이 대단하다며, 건져 올린 물고기는 알아서 가져가라며 선심을 쓰듯 말했다.

그날, 그녀는 저녁 식당일이 끝나고 돌아오는 길에 마트에 들렀다. 며칠 전에 봐 두었던 수족관이 떠올랐다. 생각보다 꽤 비싼 가격이었지만 비닐봉지에 든 물고기를 생각하면 아깝다는 생각이 들지 않았다. 혼자 사는 단독주택이라 늘 허전한 기운이 없지 않았다. 수족관에 물고기라도 넣어 두면 덜 외롭고 쓸쓸할 것 같았다. 아래에서 튕겨져 올라오는 물방울을 보고 있으면 가라앉은 기분이 업이 되는 것 같았다.

그녀는 간단히 샤워를 하고 자리에 눕는다. 재개발지역이라 밤이면 썰렁하다 못해 으스스한 기운마저 감돈다. 많은 사람들이 이주를 해 버리고 남은 사람들은 대부분 노인들과 정부에서 수급을 받는 생활보조자들뿐이다. 떠나고 싶어도 떠나지 못하는 사람들은 철저하게 시간의 흐름과 무관하게 산다. 사람들이 시간의 흐름을 인식할 때는 포크레인이 허름한 가옥들을 집어삼킬 때일 것이다. 생각만으로도 포크레인의 기계 소리가 머리에서 떠나지 않는다.

얼마 전에 돌아가신 할머니는 이곳에서 반평생을 사셨다.

할머니는 이혼을 당하고 강제로 쫓겨나다시피 한 손녀를 아무 말 없이 받아 주었다. 아야 괜찮다 괜찮어. 살다 보면 벼라 별 일 다 있어야. 그냥 살아만 있으면 되는 거여. 암 그렇고 말고. 살아 있다는 것이 제일로 큰 복이지야. 그라고 인자부터는 마음 굳게 먹어야 쓴다. 어떤 일이 있어도 마음만 안 뺏기면 되는 거여. 마음이 젤로 중요한 거여.

그녀는 무의식적으로 머리를 흔든다. 여전히 몸이 허공에 붕 떠 있는 느낌이다. 할머니의 말이 반복해서 귓가에 들려온다. 할머니는 그녀에게 유일한 피붙이였다. 그녀에게는 엄마이고 아빠이자 유일한 보호막이었다. 어린 시절 불의의 사고로 엄마 아빠를 잃어버린 그녀에게 할머니는 모든 것이었다. 시댁 식구들의 구박이나 남편의 손찌검을 견뎌 낼 수 있었던 버팀목이었다.

끼이잉-. 끼이잉-. 어디선가 개의 울음소리가 바람결에 밀려온다. 집을 나온 개들이 짝짓기를 위해 빈집으로 모여드나 보았다. 아직 철거가 안 된 집들은 개들의 짝짓기 장소가 되곤 했다. 소리는 멀지 않은 곳에서 간헐적으로 이어진다. 끼이잉-. 끼이잉-. 그녀는 며칠 전에도 식당 일을 끝내고 돌아오는 길에 두 마리 개가 엉덩이를 붙이고 있는 것을 보았다. 커다란 수놈의 몸집에 짓눌린 암놈이 필사적으로 두 다리를 버티고 있었다. 어둠 저편을 응시하는 암캐의 눈이 위태로워 보였다. 본능의 집착인지 생명에 대한 갈구인지 도무지 이해되지 않았다.

밤이면 마을은 진공의 공간으로 변해 버렸다. 아직 몇 가구가 남아 있지만 사람의 흔적은 거의 찾을 수 없다. 사람의 소리가 사라져 버린 마을은 진공관의 이미지를 닮았다. 재건축이 추진된다는 말이 수년 전부터 돌았지만 변한 건 하나도 없었다. 들리는 말로는 뒷돈을 받은 조합 대표가 자살을 했다는 소문이 있었다. 아파트에 입주한다는 기대에 부풀었던 사람들의 현실은 한순간에 모래성이 되었다. 수중에 돈이 있던 사람들은 서둘러 마을을 떠났고, 나머지는 오도 가도 못하는 처지가 되었다.

좀체 잠이 오지 않는다. 이리저리 뒤척여 보지만 한 번 달아나 버린 잠을 붙잡을 수 없다. 수족관 수면 위로 떠오른 기포들은 여전히 사각의 공간을 떠돌다 흔적 없이 사라진다. 물고기들은 아무 일 없다는 듯이 유유히 헤엄을 친다. 그녀는 일어나 물고기 밥을 수족관 위에 뿌려 준다. 알갱이들은 빙글빙글 돌아 물속으로 가라앉는다. 물고기들이 기다렸다는 듯이 달려가 입으로 낚아챈다. 한동안 녀석들의 움직임을 보다 말고 그녀는 스르르 눈을 감는다. 애써 떠오르는 일련의 생각들이 조금씩 사라진다. 순간 몸이 파르르 출렁인다. 마치 도마 위에 올려진 생선의 마지막 몸부림처럼 느껴진다. 칼끝에 잘려 나간 꼬리의 감각을 미세하게 되새기는 생선의 울부짖음 같기도 하다.

살려 주세요! 제발 살려 주세요! 부융한 어둠을 휘저으며 그녀는 그렇게 소리를 질렀다. 숨이 끊어질 듯한 공포가 밀려왔다. 검은 손아귀는 그녀의 입을 틀어막고 막무가내로 치마를 벗겼다. 몸이 하얗게 굳어 버렸다. 고압 전류에 감전된 것처럼 조금의 미동도 할 수 없었다. 야간 자율학습이 끝나면 밤은 적막하고 어두운 세상으로 돌변했다. 대학 수능시험이 얼마 남지 않은 무렵이었다. 학교 앞에는 늘 봉고차가 대기를 하고 있다가 방향이 같은 아이들을 집에까지 바래다주었다. 집이 먼 아이들은 한 달에 얼마씩 돈을 내고 야간 봉고차를 이용했다. 그녀도 버스를 타고 귀가하는 것보다 봉고차를 이용하는 편이 안전했다.

그날도 그녀는 봉고차를 타고 하교를 했다. 들리는 말로 봉고차를 운전하는 삼촌뻘 되는 아저씨는 집에서 학원 사업을 하는 모양이었다. 낮에는 강의를 하고 밤에는 아르바이트로 운전을 하는 것 같았다. 그날도 아저씨 덕분에 집 부근 가까이에서 내렸다. 아저씨는 늘 그녀가 집 앞에 당도할 때까지 지켜봤다가 걸음을 돌렸다. 수능시험과 대학 등록비 생각으로 그날도 머리가 지끈거렸다. 너무 피곤한 나머지 걸음이 허공을 걷는 것처럼 엇갈렸다. 대문 근처에 다가왔을 무렵이었다. 무언가 육중한 것이 그녀의 입을 틀어막나 싶었다. 희미하게나마 무엇에 들려 어딘가로 끌려가고 있다는 느낌이 들었다. 그녀는 올무에 걸린 짐승처럼 꼼짝할 수 없었다. 움직일수록 점점 나락으로 빠져드는 절망감이 엄습해 들어왔다. 언젠가 그녀는 자신이 사는 동네가 우범지대여서 잊을 만하면 성폭행 범죄가 발생한다는 말을 들었었다. 우편으로 성폭행범이 거주한다는 주소지와 사진이 부탁된 안내문을 받은 적도 있었다.

그녀는 소스라치게 놀라 눈을 떴다. 요즘 들어 부쩍 꿈을 꾸는 날이 많다. 가위눌리는 꿈을 꿀 때마다 밤을 하얗게 새우기 일쑤다. 시댁에서 나와 다시 할머니 집으로 돌아온 이후로 부쩍 악몽에 시달린다. 창문에 비친 가느다란 나뭇가지들이 연신 바람에 흔들린다. 겨울밤의 공기는 터지기 직전의 풍선처럼 팽팽하다. 작은 불씨에도 이내 온 숲을 집어삼켜 버릴 것 같다. 가을부터 비는 내리지 않았다. 땅에선 먼지가 연일 피어올라 하늘을 뿌연 빛깔로 도배해 버리곤 했다. 바람이 불 때마다 약수터로 연결된 산길에서는 마른 땅이 갈라지는 듯한 소리가 들린다.

목이 마르다. 그녀는 컵 가득 물을 따라 단숨에 마셔 버린다. 오늘 저녁에도 잠을 자기는 힘들 것 같다. 끼이잉-. 끼이잉-. 조금 전에 들리던 개의 울음소리가 다시 시작된다. 소리는 한동안 계속 이어진다. 얼마 후 소리는 잦아들고 바람소리만이 밀려온다. 어쩌면 세상의 모든 소리엔 저마다 사연이 깃들어 있을지도 모른다는 생각이 머릿속을 채운다.

수능 시험을 얼마 앞두고, 그녀는 몸에 이상한 변화를 감지했다. 생리가 끊겼고 자꾸 헛구역질이 나오기 시작했다. 예상했던 대로 임신이었다. 극도의 불안감이 그녀를 괴롭혔다. 대학입학 시험을 어떻게 치렀는지 기억에도 없다. 예상했던 점수보다 형편없이 낮은 성적이 나왔다. 그녀는 별 수 없이 재수를 하기로 선택했다. 모든 것을 체념하고 수술대에 오른 순간, 참았던 눈물이 왈칵 솟았다. 양손과 두 발이 벨트에 단단히 묶여졌다. 잠 한숨 자고 나면 모든 것이 끝날 거라는 말이 들려왔다. 자꾸 눈물이 쏟아져 귓속으로 흘러내렸다. 눈을 감자 광막한 사막이 펼쳐졌다. 벌린 두 다리 사이로 황폐한 바람이 들고나는 것 같았다. 몸 속 깊은 곳에 있는 검은 수족관이 함부로 출렁였다. 잠에서 깨어난 후 그녀는 헐거워진 몸에서 모든 아픈 기억들이 빠져나갔기를 바랐다.

오후에 들어서자 흐린 하늘에 눈발이 날리기 시작한다. 첫눈이다. 오랜 가뭄 끝에 내리는 눈이라 사람들의 표정은 하나같이 들떠 있다. 주인 남자는 오늘 같은 날은 탕을 찾는 사람이 많을 거라며, 특히 서빙을 할 때 주의하라고 다그치듯 말한다. 이런저런 참견을 하는 걸 보면 주인의 마음을 이해할 듯하다가도 짜증이 나기도 한다. 그녀는 오후 내내 주인의 잔소리를 들으며 콩나물을 다듬고 무를 썰었다.

아무래도 밤에는 술손님들이 많을 것 같았다. 고무장갑을 끼었지만 워낙 물이 차가워 손이 빨갛게 얼어 버린다. 식당 일이라는 게 끝이 없다. 그렇다고 표가 나는 것도 아니다. 손님이 오지 않는다고 오도카니 앉아 있을 수도 없어 무슨 일이든 찾아서 해야 한다. 그나마 주인 남자는 월급은 박하지 않게 준다. 그녀가 대충대충 일을 하지 않는다는 사실을 알고 있다. 이달에는 보너스도 얹어 줄 거라고 언질을 준 터라 눈치껏 더일을 해야 한다. 남자는 식당을 오픈하기 전에는 오랫동안 횟집 요리사로 근무를 했다고 한다. "칼을 잡는 것만 봐도 요리 실력을 금방 가늠해 버린다."는 말을 입버릇처럼 했다. 그러면서 그녀에게 틈틈이 칼질하는 법을 배워 두면 언젠가는 써먹을 수 있다고 했다.

점점 밖이 어두워진다. 그녀는 자꾸만 창밖을 바라본다. 그러나 송이눈이 탐스럽게 흩날리는 것이 싫지만은 않다. 심란한 마음에 눈꽃이 하나둘씩 맺히는 것도 같다. 이렇게 한 며칠, 아니 몇 년이 고요히 흘러가 버렸으면 좋겠다. 다행히 식당 일을 하면서는 조금씩 외로움이 진정되었다. 이혼의 상처도, 시댁에 대한 원망도 내려놓았다. 미워해 봐야 자신만 피폐해진다는 사실을 그녀는 모르지 않았다.

그녀는 다시 수족관 앞에 선다. 물고기들이 유유히 사각의 공간을 헤엄쳐 다니며 꼬리를 친다. 녀석들은 죽기 전까지는 그곳을 빠져나오지 못할 것이다. 아니다. 누군가의 뜰채에 담겨 어딘가로 옮겨질 때까지는 푸른 물속을 집 삼아 이곳저곳을 기웃거릴 것이다. 주인이 보이지 않는 것이 잠시 수산물 시장에 간 모양이다. 보통은 아침에 물차가 오기도 하지만, 더러는 오후에 남자가 직접 시장에 가기도 한다. 남자는 꼭 수산물만 사는 게 아니다. 수산물 시장 옆에 야채 시장이 있어 필요할 때마다 싱싱한 채소를 사 온다. 장사는 양심껏 하는 것 같다. 그녀가 보기에도 남자가 음식을 가지고 장난을 치는 것 같지는 않다. 손님들의 입맛을 정확히 알고 있을 만큼 장사하는 법을 안다.

그녀는 레버를 잡고 가볍게 움직인다. 손이 사뭇 떨린다. 확연하게 팔 힘이 빠진 것 같다. 뼈마디에 용수철이 연결돼 있어 팔꿈치 인대가 늘어난 느낌이다. 레버의 움직임에 따라 시선이 따라간다. 그 사이 물고기들은 그녀를 비웃듯 그물을 잘도 빠져나간다. 유난히 올 겨울은 춥고 길다는데, 벌써부터 밖의 바람 소리가 심상치 않다. 손목이 뻐근하고 시리다. 욕심 같아선 서너 마리만 더 건져다가 집에 있는 수족관에 넣어 주고 싶다. 물고기의 조그맣고 동그란 눈을 바라보고 있으면 외로움이 사르르 녹아 없어진다. 어쩌면 녀석들 또한 먼 바다를 떠돌아다니던 기억을 더듬고 있을 것이다.

그녀는 조심조심 게임기의 사각 면을 따라 레버를 작동한다. 물고기들의 움직임은 어떤 부호를 나타내는 것 같다. 꼬리를 치고 지느러미를 움직이는 건 녀석들만의 특유의 대화법인지 모른다. 사각의 게임기 안에는 나름의 위계질서도 존재할 것이다. 갑자기 덩치 큰 녀석이 작고 약해 보이는 녀석을 짓누른다. 작은 물고기는 무리를 이탈해 수면 아래로 가라앉는다. 그러자 덩치가 큰 녀석이 빠른 속도로 다가가 길다란 주둥이로 작은 녀석의 몸통을 밀어 버린다. 순간 동전 같은 물기둥이 물 위로 솟아오른다. 그녀는 번번이 허탕을 치고 만다. 이제 녀석들도 잔꾀가 생긴 모양이다. 가까이 뜰채에 접근하는 척하다가 일정한 거리에서 벽면 쪽으로 달아나 버린다.

다시 게임기에 동전을 넣는다. 사각의 틀은 잠시 미미한 소용돌이에 휩싸인다. 그녀는 그중에서 가장 몸집이 크고 날랜 녀석을 향해 레버를 움직인다. 녀석은 매번 작은 물고기를 괴롭혀왔다. 버튼을 눌러 이번에는 밑으로 뜰채를 가라앉힌다. 그물 속으로 들어왔다고 생각하는 순간 녀석은 힘껏 꼬리로 그물을 치더니 위로 올라가 버린다. 그리고는 벽면에 몸통을 바짝 붙이고 불그스름한 눈빛을 보낸다. 녀석의 눈빛에 묘한 적의가 담겨 있다. 저 눈빛. 갑자기 수면이 곡선으로 일렁이며 뿌옇게 흐려진다.

낙태 수술을 하고 그녀는 얼마간 상실감에 빠져 있었다. 모든 게 싫었다. 다시 공부를 시작한다는 것은 엄두도 낼 수 없었다. 어느 날 봉고차를 운전하는 아저씨로부터 연락이 왔다. 자신이 운영하는 학원에서 공부할 생각이 없느냐고. 학원비는 걱정하지 않아도 된다고 했다. 그녀는 제안이 너무나 고마워 눈물이 날 뻔했다.

"대학 시험 한 번 떨어졌다고 너무 낙담하지 마라. 시험이야 또 보면 되는 것이고. 성공한 사람들치고 한번쯤 큰 시련을 겪지 않은 사람이 없거든. 우리 학원에서 공부하면서 간단한 일도 좀 도와주면 어떻겠니?"

봉고차 아저씨가 집에 찾아온 날 그녀는 마치 흑기사를 만난 기분이 들었다. 세상 밖으로 나갈 용기가 없었던 그녀는 그제야 조금 마음의 문을 열었다. 그때까지도 그녀의 머릿속에는 지난번 악몽 같은 일이 고스란히 남아 있었다. 무섭기도 했지만 부끄러워 그녀는 바깥출입을 할 수 없었다. 갓 서른이 넘은 아저씨는 자신도 재수로 대학을 갔다며 너무 낙담하지 말라고 했다. 그러면서 열심히 공부해서 대학에 합격하면 자신이 등록금도 어떻게 마련해 줄 거라고 덧붙였다. 그녀는 너무도 고마워 눈물이 나오려는 걸 애써 참았다.

첫눈은 폭설로 이어졌다. 저녁 늦게까지 눈은 그치지 않아 도심 곳곳의 교통이 마비되어 버렸다. 설마 했는데 난감했다. 그녀가 사는 곳도 산줄기를 깎아 만든 언덕이라 겨울이면 상

습적으로 교통이 마비되었다. 겨울철이면 웬만한 택시들도 요금을 배로 준다고 해도 거절하기는 마찬가지였다. 그녀는 자신이 택시기사라 해도 몇 푼 더 벌겠다고 그렇게 외진 곳까지 차를 운전하지는 않을 것 같았다. 더구나 예전에 그 인근에서 택시 강도 사건이 일어난 후로는 평소에도 자정이 넘은 시간이면 여간해서는 차가 그곳까지 들어가지 않으려 했다.

주인 남자는 주방 곁에 딸린 쪽방에서 자라고 했다. 저녁이면 식당이 비어 있는 데다 잠금장치가 잘 돼 있어 걱정을 하지 않아도 된다는 거였다. 그러나 그녀는 내키지 않았다. 도심이라 오색으로 물든 방이 너울너울 출렁거리는 것 같았다. 방은 작은 수족관을 연상할 만큼 길다란 직사각형의 모양이었다. 그녀는 문득 심연의 바닷속에 가라앉은 외로운 물고기라는 생각이 들었다. 몸을 뒤척일 때마다 겨드랑이와 엉덩이에서 지느러미와 꼬리가 자라날 것 같았다. 아마 잠 속으로 빠져들면 눈과 얼음으로 뒤덮인 남극의 어느 지점을 통과하고 있을지 몰랐다. 그러나 그런 생각도 잠시, 식당 특유의 비린내가 코끝으로 번져왔다. 빈방에 놓인 담요와 옷가지들이 갈기갈기 찢긴 생선의 잔해로 보였다. 그녀는 서둘러 일어나 밖으로 나왔다.

점점 눈발이 거세졌다. 밖은 첫눈을 즐기려는 사람들로 밤 늦게까지 소란스러웠다. 화려한 네온 불빛이 도심의 밤을 벌겋게 물들였다. 눈은 모든 것을 덮어 버렸다. 그녀는 걷다 서

다를 반복했다. 밤 풍경은 백색의 도시를 옮겨온 것처럼 낯설 었다. 그러나 한편으론 아늑한 기운이 느껴졌다. 이따금씩 택 시가 거북이걸음으로 지나치며 승차를 권유했지만 타지 않았 다. 그냥 무작정 걷고 싶었다. 밤이 새도록 눈길을 걷고 싶었 다. 그녀 외에도 눈길을 걷는 사람들이 눈에 띄었다.

그녀는 가로수가 늘어선 거리에 잠시 걸음을 멈추었다. 그 리고는 잊고 있던 무언가가 생각이라도 난 듯 서둘러 눈을 뭉 치기 시작했다. 눈덩이는 금세 불어나 아담한 모양의 눈사람 으로 둔갑했다. 나뭇가지를 꺾어 눈썹을 만들고 차례로 눈과 코와 입과 귀를 붙였다. 비스듬히 손의 모양을 내고 다리의 형 태도 만들어 주었다. 그녀는 아기 눈사람을 길 가장자리에 세 워 두고 한동안 그것을 바라보았다.

아기 못 낳는 며느리는 필요 없다…. 도저히 어른들의 압력 을 물리칠 수 없을 것 같아. 난 당신을 사랑하는데….

그녀는 머리를 흔들었다. 갑자기 바람이 불어온다. 눈썹이 사라지고 눈과 귀와 입이 사라지고 종내엔 얼굴 모양이 흔적 없이 지워져 버린다. 그리고 차츰차츰 팔다리의 형태도 희미 해지기 시작하더니 아기 눈사람은 자취를 감추고 만다. 눈썹 을 만들었던 까만 나뭇가지만 덩그러니 놓여 있다.

그녀가 학원에서 재수를 하는 동안 아저씨는 봉고 운전을 접었다. 규모가 제법 커서 학원에만 올인하지 않고는 안 되는 상황이었다. 그런대로 학생 수는 꾸준히 느는 편이었다. 그녀 또한 공부하는 동안 틈틈이 학원 일을 거들었다. 청소도 하고 잡다한 사무 일도 처리했다. 정수기를 가는 것이나, 복사 용지를 보충하는 것이나, PPT를 작성하는 것이나 조금만 신경을 쓰면 할 일이 너무도 많았다. 어느 때는 공부하는 시간보다 학원 일을 하는 시간이 더 많았다. 그래도 힘들지 않았다. 자신을 이해하고 아껴 주는 아저씨가 싫지 않았다. 저녁 학원 일이 끝나고 함께 김밥이나 떡볶이를 먹는 것도 좋았고 더러는 가볍게 맥주도 한잔 하기도 했다.

얼마나 걸었을까. 목이 마르고 몸에선 열이 난다. 입을 벌려 쏟아지는 눈을 삼킨다. 혀끝이 얼얼하다. 시원한 기운이 온몸을 훑고 지나간다. 짜릿한 기운마저 든다. 이제 겨울가뭄도 조금은 해갈이 되었겠지. 학원에서 공부한 지 반 년 정도 지났을 것이다. 그날도 공부를 마치고 아저씨와 학원 인근 분식집에서 늦은 야식을 먹고 있었다. 떡볶이를 먹다 말고 아저씨가 지나가는 말로 우리 결혼하자고 말했다. 처음엔 농담인 줄 알고 그녀는 배꼽을 잡고 웃었다. 아저씨도 재미있다는 투로 그저 웃었다. 밖으로 나와 바람을 쐬면서 걸었다. 머릿속이 조금 복잡했지만 아직 어린 나이기 때문에 결혼 같은 것은 생각하지 않고 있다고 스스로에게 다짐을 했다. 집 앞 어두운 골목에 이르렀을 때였다. 아저씨가 난데없이 자신의 입술을 그녀의 입술에 갖다 댔다. 그리고는 강한 완력으로 그녀를 끌어 온몸으로 밀착시켰다. 그녀는 가슴이 뛰었다. 이것이 운명일지도 모른다는 막연한 생각이 들었다.

동네는 물에 잠긴 것처럼 고요하다. 사람들이 떠나버린 탓에 밤이면 유령의 도시로 변해 버린다. 불이 꺼진 집은 싸늘한 정적이 감돈다. 그녀는 방에 들어가 불을 밝힌다. 순식간에 방 주위로 불빛이 침투해 들어온다. 거울을 보았더니 조금 전 사라진 눈사람을 보는 것 같다. 입술의 윤곽과 눈언저리가 파리하다. 눈과 코와 입과 귀도 흐릿하다. 멀리서 눈발을 안고 휘몰아치는 바람 소리가 들려온다. 휘이-. 휘이-. 그 속엔 누군가의 울음소리가 묻혀 있는 것 같다. 짐승의 울음 같기도 하다.

윗목에는 여전히 기다란 관 같은 냉장고가 놓여 있다. 속이 텅 비어 버린 불모의 자궁을 보는 듯하다. 처음의 낙태 수술을 받은 이후 그녀는 두 번 다시 아이를 낳을 수 없었다. 그녀의 방에 새 생명은 끝내 깃들지 않았다. 남편은 그녀의 불임의 원인을 아는 듯했다. 설령 모를지라도 모든 원인만큼은 그녀에게 있다고 단정을 했다. 시댁 식구들도 마찬가지였다.

그녀는 냉장고를 있는 힘껏 벽 쪽으로 밀어 버린다. 머리에서 떨어지는 물기를 수건으로 닦는다. 수족관의 산소장치에서 물방울이 너울너울 밀려 나온다. 그녀가 다가가자 녀석들이 어항 벽면에 주둥이를 붙이고는 꼬리를 흔든다. 게임기 수족관에 갇혀 있을 때보다 살이 올라 배가 통통하다. 볼록하게 불어난 배가 호박씨를 보는 듯하다. 녀석들이 떨어지는 먹이를 낼름낼름 받아먹을 때마다 희미한 짐승의 소리가 들린다. 휘파람 소리 같다. 그것은 끊어질 듯 간헐적으로 이어진다.

그녀는 환상을 보고 있는지도 모른다는 생각이 든다. 어둠 속에서 배양된 실루엣이 아닐까. 어둠 저편에서 뭔가 움직이는 소리가 들린다. 유리창 밖에서 희미한 물체가 그녀를 바라보고 있다. 끼이잉-. 끼이잉-. 털이 바스라진 개다. 길을 잃어버렸을까. 아니면 누군가 버렸을까. 그녀는 방에 가서 밥을 갖고 나온다. 그리고는 대접에 국물을 말아 준다.

밥을 먹은 개가 꼬리를 치며 어둠 속으로 간다. 그리고 얼마쯤 지났을까. 꺅-. 갑자기 날카로운 비명이 칼날처럼 어둠 속에 꽂힌다. 길을 건너던 짐승이 차바퀴에 치인 모양이다. 이곳은 산과 도로가 연결되어 있어 밤이면 짐승들이 도로를 횡단하다 종종 차에 받치곤 한다. 방금 전의 짐승은 어쩌면 자궁을 가진 암컷일는지 모른다는 생각이 든다. 생명을 잃어버린 짐승은 한동안 검붉은 얼룩으로 도로 위에 남을 것이다. 갑자기 그녀의 온몸에 소름이 돋는다.

갑자기 현기증이 인다. 그녀는 잠시 두 눈을 감고 숨을 멈춘다. 눈은 조금의 공백도 남겨 두지 않으려는 듯 사방을 하얗게 뒤덮어 버린다. 앞을 분간할 수 없다. 길이 지워지고 들판이 지워지고 먼 곳의 집들이 지워진다. 다시 바람이 불어온다. 나무가 흔들리고 산이 흔들리고 눈꽃이 갈기갈기 찢겨진다. 그 서슬에 그녀의 가슴에 불이 일어난다. 뜨겁다. 텅 빈 아랫배에서 통증이 느껴진다. 어느덧 집은 서서히 눈 속에 묻히기 시작한다. 깊은 어항 속으로 겨울이 빨려 들어가고 있다. 그녀는 눈을 떴다 감았다를 반복한다. 마치 타인의 방에 와 있는 것 같다. 자신이 쉬는 숨소리마저 낯선 이의 것으로 들리고 유리창 저편에서 누군가가 이쪽을 엿보고 있는지도 모른다는 착각이 든다.

냉장고는 사각의 관처럼 여전히 윗목을 지키고 있다. 옆에서 보면 영안실의 시체 보관함을 닮았다. 부르르-. 부르르-. 소음이 환청처럼 귓속으로 흘러들어 온다. 불현듯 그녀는 냉장고가 자신의 자궁처럼 생각된다. 양수가 메말라 버린, 그리고 생명이 움틀 수 없는 죽음의 공간. 갑자기 그녀는 냉장고 속으로 들어가고 싶어진다. 그 속에 들어가 다시는 깨어나고 싶지 않다. 그녀는 냉장고 문을 열고 안에 설치된 받침대를 모조리 빼낸다. 금세 공간은 휑하니 비어 버린다. 그녀는 심호흡을 하고 최대한 몸을 웅크려 머리를 집어넣는다. 앉은 자세로 엉덩이를 바닥에 붙인 다음 발을 쪼그려 억지로 문을 닫았다. 머리카락이 뒤엉키고 팔다리의 관절이 가죽처럼 접혀진다. 그녀는 자신을 향해 이 세상에 더 이상 육신이 존재하지 않는다고 암시를 주었다. 불빛이 차단된 냉장고에선 퀴퀴한 냄새가 난다.

얼마쯤 지났을까. 알 수 없는 고요가 밀려온다. 정신은 더욱 맑아진다. 몸을 담고 있는 냉장고의 벽면이 하나같이 투명한 유리로 변해 버린 것 같다. 몸속의 실핏줄과 낱낱의 기관들이 고스란히 불빛에 드리워지는 장면이 눈앞에 펼쳐진다. 그것은 내장이 터져 실핏줄이 드러난 물고기의 몸통처럼 이물스럽다. 잠이 스르르 밀려온다.

복날은 간다

유치원 버스가 연립 앞에 당도해 있다. 윤석은 서둘러 재민이를 데리고 밖으로 나온다. 병아리반 교사가 재민이를 보고는 다정스레 팔을 벌린다. 흡사 병아리를 품으려는 암탉 같아 피식 웃음이 나온다. 아마도 오랜 습관으로 익숙해진 동작일 것이다. 병아리반 교사는 재민이를 차에 태우고는 이내 차 밖으로 내려선다. 머뭇거리는 게 뭔가를 말하려는 눈치다. 노란색 버스 외관과 그녀가 입고 있는 검은색 니트가 선명한 보색을 이룬다.

"저, 재민이 아버님 드릴 말씀이…. 아버님이 아시는지 모르겠지만 재민이 간식비와 재료비가 밀려 있어서요…."

병아리반 교사가 공손한 표정으로 윤석을 바라본다. 혹여 윤석이 부담을 느낄까 봐 서둘러 인사를 한다.

"죄송합니다. 그렇지 않아도 어린이집에 한 번 찾아갈까 생각 중이었는데 사정이 생기는 바람에."

윤석은 늦어도 월말까지는 밀린 원비를 납부하겠다는 말을 하려다 입을 다물고 만다. 지키지 못할 약속은 하지 않는 편이 나을지 싶은데 선뜻 입이 떨어지지 않는다. 그동안 간식비나 다른 비용 이야기가 왜 나오지 않나 의아하기도 했지만 한편으로는 납부가 된 걸로 착각을 했던 것 같다. 윤석은 자신도 모르게 머뭇거려진다. 병아리반 선생님은 무슨 뜻인지 알겠다는 듯 서둘러 부탁한다는 말을 남기고는 차에 오른다. 해님과 달님 로고가 박힌 버스 유리창 너머로 밖을 내다보고 있는 재민이의 얼굴이 보인다. 윤석은 가볍게 손을 흔들어 아는 체를 하다 말고 애써 미소를 짓는다. 식빵처럼 생긴 노란색 버스가 횡단보도를 가로질러 허공을 부유하듯 사라진다. 가슴 한편이 싸해지며 톱밥을 씹은 것처럼 입안이 텁텁해진다.

윤석이 일을 하고 있는 느티나무 집은 보신탕으로 꽤나 유명한 식당이다. 주말이면 발 디딜 틈이 없을 만큼 인근에서 몰려온 손님들로 들어찬다. 윤석은 이곳에서 잡아온 개를 솥에 삶아 적당한 크기로 손질을 한다. 처음엔 비위가 약해 토하기도 했지만, 지금은 웬만큼 적응이 된 터라 눈 감고도 일을 할 정도다. 사실 죽은 짐승의 냄새만큼 역겨운 건 없다. 더욱이 개 비린내는 한번 몸에 배면 여간해서는 가시지 않는다. 윤석은 도살된 짐승의 영혼이 사체 안에 고스란히 남아 있기 때문일 거라는 생각을 하곤 한다.

느티나무 집에 오는 손님들은 대부분 수십 년 된 단골들이다. 식당이 본 도로에서 안쪽으로 접어든 일방로에 면해 있어 다소 후미진 감이 없지 않다. 그러나 식당 앞뒤로 병풍처럼 늘어선 느티나무가 심어져 있어 나름 운치가 있다. 요즘 같은 여름철엔 손님들이 내실보다는 대나무 평상을 선호한다. 느티나무 그늘이 늘어진 시원한 곳에서 식사를 하는 것이 훨씬 맛있고 소화도 잘 되는 모양이다.

식당 주인은 육십 대 중반의 여자다. 육덕이 좋다는 말을 들을 만큼 제법 몸집이 큰 편이다. 듣기로 그녀가 지금까지 잡은 개만 해도 족히 수백 마리는 될 거라고 한다. 그럴 만도 한 게 이곳에서 보신탕 식당을 한 지가 족히 삼십 년이 넘는다고 하니, 아마도 수백 마리가 아니라 수천 마리는 됨 직하다. 길거리에서 마주치는 개들이 그녀를 보면 꼬리를 사리고 슬금슬금 도망을 친다는 말이 과장은 아닌 듯하다. 개들은 여자가 자신들의 천적이라는 사실을 본능적으로 아는 모양이다. 아닌게 아니라 그녀를 보는 개들은 저승사자를 만난 것처럼 오금을 저리면서 뒷걸음질을 친다.

윤석이 이곳에서 일을 한 지는 삼 개월 남짓 되었다. 갑자기 강의를 하고 있는 학원이 문을 닫는 바람에 뜻하지 않게 이곳에까지 오게 되었다. 경기가 어렵다는 것쯤은 진즉부터 알

고 있었지만 그렇다고 하루아침에 학원이 문을 닫게 되리라고
는 생각하지 못했다. 원장도 버틸 만큼 버티다가 손을 털었기
때문에 뭐라 욕할 계제도 아니었다. 그렇잖아도 수시로 들고
나는 학생들 관리하느라 신물이 났던 터라 내심 잘됐다는 생
각도 없지 않았다. 울고 싶은데 뺨을 맞은 격이라고나 할까.
더 이상 들고 나는 머릿수로 스트레스 받을 일은 없겠다 생각
하니 차라리 속이 편하기도 했다.

그러나 무슨 일이든 하지 않으면 안 될 상황이었다. 자신은
그렇다 치고 유치원에 다니는 아들 녀석과 요양원에 있는 아
버지를 생각하면 하시라도 빨리 일자리를 찾아야 했다. 무엇
보다 요양원 요금을 제때 내는 것만큼 시급한 것은 없었다. 치
매 증세가 있는 아버지를 다시 집에서 돌봐야 하는 상황만큼
은 맞이하고 싶지 않았다.

한 며칠 윤석은 생활 정보지 구인란을 샅샅이 훑어보았다.
자신이 처한 사정을 봐서는 시간제 일자리가 좋은데 딱히 이
거다 싶은 게 보이지 않았다. 일주일이 지나고 보름이 지나고
한 달이 지나도 마땅한 일자리가 나타나지 않았다. 불경기에
다 여름이라는 계절적인 요인이 겹쳐 그러나 싶었다. 마땅한
일자리가 없으면 건설 노동 현장이라도 나가야지 싶은 생각도
없지 않았다.

그렇게 마음을 먹자 이전에는 보이지 않던 구인광고가 하

나둘씩 보이기 시작했다. 시장이 반찬이라고 막다른 골목에 다다랐다는 생각이 들자 못할 일도 없을 것 같았다. 며칠째 정보지를 훑던 윤석의 눈이 당구장 표시로 된 고딕 광고에 멈췄다. 직원 급구, 시간제 가능, 필요시 선불 지급. 윤석이 사는 곳에서 그다지 멀지 않은 교외에 자리한 식당이었다.

"혹시 개 잡아 본 적 있수?" 휴대폰 너머로 걸걸한 여자의 목소리가 들렸다. 윤석은 잘못 들었나 싶어 "생활정보지를 보고 전화했습니다."라고 대답했다. "아니 개 잡아 본 적 있으신가요?" 내처 묻는 것이 급하게 일할 사람을 구하는 모양이었다. 그제야 윤석은 무슨 말인지 알아들을 것 같았다. 필경 보신탕집에서 일할 남자를 구하는 것이 분명했다.

윤석은 왠지 낯설다는 느낌이 들지 않았다. "예전에 아버지가 개장수를 했어요. 개 잡는 거 별거 아니던데요." 우습게도 윤석의 입에서 아버지가 한때 알아주는 개장수였다는 말이 튀어나왔다. 자시도 모르게 반사적으로 나온 말이었다. "그럼 됐수다. 내일부터라도 일을 할 수 있겠네." 여자는 화통한 목소리로 당장 일을 나오라며 채근을 했다.

오늘 잡아야 할 개는 2년된 똥개다. 헌데 공교롭게도 복날이라니. 윤석은 다른 날도 아니고 복날에 죽어야 하는 개 팔자를 생각하니 기가 막힌다. 그뿐인가. 복날에 개를 잡아야 하는 자신의 신세도 개 팔자 못지않다는 생각이 든다. 아니 누구 팔자가 더러운지 비교가 되지 않는다.

"묶어 놓고 기른 개가 아닌갑네."

개 주인과 통화를 끝낸 식당 주인 여자가 내뱉듯 혼잣말을 던졌다. 한두 마디 나누면 대략 똥개인지 유기견인지 짐작이 간다고 한다. 시골 노인들로부터 오는 전화는 십중팔구 똥개고 등치가 작거나 주인이 불분명한 것은 유기견인 경우다.

"묶어 놓고 기르든 풀어 놓고 기르든 근수만 많이 나가면 되는 것 아니에요?"

"항상 눈을 부릅뜨고 녀석을 쳐다봐야 하네. 기 싸움에서 밀리면 개잡다가 되레 자네가 잡히는 수가 있으니까."

주인 여자는 여전히 윤석이 미덥지 못한 모양이다. 윤석이 일을 시작한 첫날 재수 없게 오른쪽 발목을 물렸을 때도 그녀는 기 싸움에서 졌기 때문이라며 면박을 주었다.

"눈에 힘을 줘야 해. 그래야 녀석들이 얕잡아 보지 않으니까. 어차피 세상살이라는 게 물고 물리는 일이듯 개잡는 것도 매한가지여…."

여자는 눈을 치뜬 상태로 윤석을 쳐다본다. 윤석은 반사적으로 여자의 눈을 피하고 만다. 사는 게 물고 물리는 일이라는 말이 사뭇 섬뜩하게 다가온다. 문득 알아주는 개장수였던 아버지는 어떻게 개를 잡았을까 궁금해진다.

윤석이 보기에 한마디로 아버지의 삶은 개판이었다고 해도 과언이 아니다. 아버지의 눈에선 늘 살기가 감돌았는데, 동네에서 마주치는 개들도 아버지를 보고는 꼬리를 사려넣고 도망치기 일쑤였다. 녀석들은 본능적으로 아버지가 저승사자라는 사실을 아는 듯했다. 오토바이 철망 속에 갇힌 개들도 아버지의 살기 어린 눈빛과 마주칠 때면 반사적으로 오줌을 흘렸다. 그뿐만이 아니었다. 집 안은 집 안대로 늘 개 비린내가 났고 사방 천지 개털이 흩날렸다. 윤석이 계절이 바뀔 때마다 온몸이 붉은 반점으로 뒤덮이는 피부질환을 앓았던 것도 개털 때문이었다.

"왜 이렇게 늦었소?"

개 주인으로 보이는 40대 중반의 남자가 필터까지 타들어간 담배를 신경질적으로 내뱉으며 타박을 한다. 겨우 5분 늦었는데 목소리를 높이는 것이 보통 성질은 아닌 모양이다. 가르릉. 가르릉. 개의 눈빛에 서슬 퍼런 독기가 감돈다. 아마 녀석은 윤석이 저승사자라는 걸 본능적으로 알아챈 모양이다. 남자는 개를 진정시키려고 연신 손바닥을 아래로 젓는 동작을 취한다. 남자는 "복구 진정해."라는 말을 반복적으로 내뱉으며 부지런히 손을 놀린다. 윤석의 입에서 무정한 사람이라는 말이 입에서 가늘게 새어 나온다. 그러나 말은 이내 자글자글 끓는 복구의 속울음에 묻히고 만다. 복구는 금방이라도 목을 죄고 있는 줄을 끊고 덤벼들 태세다. 은빛의 체인 위로 땡볕이 차갑게 부서진다. 녀석의 입 주위로 핏자국 같은 불그스름한 빛이 엉겨 있다.

윤석은 숨을 한번 크게 들이켜 본다. 폐 깊숙이 스며드는 바람은 후덥지근하다 못해 뜨겁다. 머뭇거려서는 안 된다. 윤석은 속으로 다짐을 하며 눈을 치켜뜬다. 놈에게는 상대의 눈빛을 보고 강자와 약자를 구별하는 본능이 있을 게다. 윤석은 잠시 잠깐 녀석의 눈에 비친 자신이 강자일지, 약자일지 가늠을 해본다. 그러다 말고 피식 웃음이 나온다. 개를 잡는 현장에서 그런 생각을 한다는 것 자체가 우스울 뿐이다.

밧데리 막대를 부여잡은 손이 자꾸 떨려온다. 윤석은 반대편 손으로 떨리는 손을 잠시 쥐어 본다. 사내가 담배를 바투 움켜쥐며 쓴웃음을 짓는다. "왝." 갑자기 복구가 뭔가를 토하는 소리를 낸다. 기다랗게 늘어뜨린 혓바닥 안쪽으로 손톱 크기만 한 이물질이 박혀 있는 게 보인다.

"당신 개 잡으러 온 사람 맞소?"

남자가 버럭 소리를 지른다. 그는 윤석이 초짜일 거라고 단정하는 눈치다.

"복날이라 왠지…."

남자가 뜨악한 눈길로 쳐다본다.

"이 사람이 정말 큰일 날 소리를 하네. 잘못하면 복날이 자네 제삿날이 될 수도 있어!"

보다 못한 사내가 밧데리 막대를 낚아챈다. 검푸른 심줄이 튀어나온 손등은 무언가에 할퀸 듯 상처 자국이 선명하다. 안테나 모양의 기다란 막대가 햇볕을 받아 날카롭게 빛난다. 마치 도색잡지를 훔쳐보는 사춘기 소년의 발기된 성기를 보는 듯하다. 가르릉. 가르릉. 복구의 울음이 점점 거칠어진다. 오늘은 밤새 복구의 울부짖음을 환청으로 들으며 뒤척여야 할지 모른다. 문득 윤석은 그 울음이 아버지의 그것과 닮았다는 생각이 든다. 더러 알아들을 수 없는 울음을 토해 내는 아버지의 모습은 늙고 병든 유기견을 떠올리게 했다.

분명 아버지는 개를 다룰 줄 알았다. 아니 개를 단번에 잡는 법을 알았다. 팔뚝만 한 몽둥이로 대가리를 내려치면 빡 하고 소리가 울리제. 바로 골이 빠개지는 소리거든. 거나하게 술이 취하면 아버지는 자랑처럼 떠벌렸다. 올가미를 씌우면 개들이 어떻게 비명을 지르고 생똥을 퍼질러 싸는지, 목줄은 어떻게 당겨야 단번에 숨통을 끊을 수 있는지를 세세하게 풀어 놓았다. 배운 것 없고 가진 것 없는 아버지로선 개 잡는 기술은 당신이 내세울 수 있는 유일한 자랑거리였을 것이다.

직접 기른 개를 잡을 때는 솔직히 기분이 더러워. 시팔. 개 입장에서 봐도 기분이 더러울 것 아닌가? 매일 밥 주고 머리를 쓰다듬어 주던 주인이 어느 날 갑자기 자신을 죽이려고 몽둥이를 휘두른다고 생각해 봐, 정말 미치고 환장할 노릇이지. 근데 어쩌겠어. 그게 놈들의 팔자인 것을. 난 말이여, 이상하게 개를 잡을 때만큼은 내가 살아 있다는 생각이 들어. 아랫도리가 빳빳해지면서 불끈불끈 힘이 솟거든. 침을 튀겨 가며 열변을 토하는 아버지를 보노라면 윤석은 분노인지 슬픔인지 모를 이상한 감정을 느끼곤 했었다.

그러나 정말로 이해할 수 없는 건 아버지의 손버릇이었다. 아버지는 기술자였다. 개를 잡지 않는 날은 개를 훔치는 것으로 소일했다. 식용으로 납품하는 개고기의 상당 부분은 훔친 것이었다고 해도 과언이 아니었다. 개를 훔치고 나면 꼭 기념으로 개줄을 모으곤 했다. 아버지의 도둑질은 날이 갈수록 심해졌고 가족들은 늘 가슴을 졸여야 했다. 어머니는 문득문득 가슴에서 뜨거운 불덩이가 치받고 올라온다며 찬물을 벌컥벌컥 마시곤 했다. 자연스레 아버지에겐 개 도둑놈이라는 별명이 붙여졌고 언제부턴가 개와 붙어먹은 상스러운 사람이라는 소문이 나돌기까지 했다.

"컹. 컹."

갑자기 복구가 윤석을 향해 튀어 오른다. 윤석은 기다란 밧데리를 바투 쥐고는 반사적으로 복구를 향해 들이민다. 녀석이 다시 앞발을 치켜든다. 이때다 싶어 윤석은 은빛의 막대를 개의 가슴 한복판을 향해 찌른다. "왝." 복구의 입에서 뭔가를 게워 내는 듯한 비명이 흘러나온다. 녀석이 공중으로 튀어 오르는가 싶더니 바로 그 자리에 나동그라진다. 녀석의 몸속으로 고압의 전류가 관통해 버린 것이다.

개가 널브러진 자리엔 핏물이 흥건하다. 숨통이 끊어진 개는 무거운 납덩이처럼 땅에 붙어 있다. 개는 무언가를 속삭이는 것 같다. 남자의 얼굴에 시원섭섭한 표정이 어린다. 윤석은 서둘러 개를 자루에 담고는 노끈으로 칭칭 묶는다. 남자가 조금만 더 값을 쳐달라고 사정을 하지만 윤석은 못들은 척 귓등으로 흘려버린다. 죽음을 앞에 두고 돈을 흥정한다는 사실이 왠지 야박하게 느껴져 애초에 정한 값 외에는 밀고 댕기기를 하지 않는다.

점심시간이라 식당 안은 손님들로 만원이다. 앞마당에 놓인 평상에까지 손님들이 자리를 차지하고 앉아 개고기를 먹고 있다. 윤석은 개가 담긴 자루를 들쳐 메고는 서둘러 수돗가가 있는 식당 뒤쪽으로 돌아간다. 자루에서 떨어진 핏물이 풀어 헤쳐진 가슴께로 흘러내린다. 핏물은 가슴을 타고 배꼽을 거쳐 아랫도리로 흘러내린다. 뜨겁고 이물스러운 감촉이 몸 구석구석까지 스며든다. 숨을 쉴 때마다 비릿한 냄새가 목젖에 달라붙는다. 윤석은 손으로 핏물을 닦으려다 말고 그냥 내버려 둔다. 각 부위별로 손질을 마치기 전까진 시도 때도 없이 핏물이 배어들 것이다. 눈을 반쯤이나 뜨고 죽은 복구는 그저 깊은 잠에 빠져 있는 것처럼 보인다. 전생에 무슨 악연이 있어 녀석과 얄궂은 운명으로 만났을까. 만약 녀석과 운명이 바뀌었다면, 윤석은 생각만 해도 끔찍하다.

수돗가 한쪽에 놓인 도끼와 칼, 톱 같은 연장이 보인다. 그 옆으로 바가지와 양동이가 보인다. 반대편에는 기다란 토치와 푸른색의 가스통이 놓여 있다.

"개 한 마리 잡는 데 그리 시간이 많이 걸려서야 원."

언제 나타났는지 주인 여자가 싫은 소리를 해댄다. 손님은 많은데 개 손질이 늦어 주문을 대기가 빠듯한 모양이다. 윤석은 "스무 근 14만 원."이라고 내뱉듯 말하고는 토치에 불을 붙인다.

"또 달라는 대로 다 줘 버렸네."

주인 여자의 지청구가 이어진다. 뭐라 이유를 대면 더한 말이 날아올 것 같아 윤석은 입을 다물어 버린다. 이럴 땐 그저 대꾸하지 않고 묵묵히 일을 하는 게 상책이다.

"근데 주둥이에 웬 핏자국이 이리 많아?"

여자가 개 몸뚱이를 이리저리 훑어보더니 의심스러운 표정으로 묻는다. 윤석이 보기엔 여느 때와 다를 바 없는데 괜스레 값을 많이 쳐줬다고 트집을 하려는 모양이다. 윤석은 서둘러 토치에 불을 붙인다. 특유의 노린내가 코를 찌른다. 피 냄새,

50

털 냄새, 똥 냄새가 한데 뒤섞인 역겨운 냄새가 주위를 물들인다. 개를 잡고 손질하는 것보다 힘든 게 냄새를 견디는 일이다. 처음엔 몸에서 나는 특유의 비린내 때문에 수시로 목욕을 해야 했다. 몇 차례 내장을 게워 내는 것 같은 격렬한 구역질을 하고 나서야 윤석은 냄새로부터 자유로워질 수 있었다.

"밥벌이다 생각하면 냄새는커녕 향기로 느껴질 거야."

주인 여자는 윤석이 아직 배가 덜 고파서 그런다며 핀잔을 주었다. 삼십 년이 넘게 보신탕 장사를 해온 그녀의 이력이 빛을 발하는 순간은 개 값을 쳐줄 때다. 정확히 말하면 개 상태를 짚어 내는 순간이다. 유난히 배가 불룩하거나 털에 윤기가 없으면 십중팔구 물 먹인 개라는 것이다. 손으로 만져서 육질이 푸석하면 사료를 먹인 개라는 것도 어렵지 않게 알아낸다. 그러면서 개는 결코 주인을 등치지 않는데 사람은 틈만 나면 속이려 든다며, 머리 검은 짐승들은 거두는 게 아니라고 흘리듯 말한다.

"또 뒤통수 맞았네 맞았어."

여자가 국자를 내려놓고는 선반 위에서 집게를 집어 든다. 끝이 무딘 게 제법 세월의 이력이 느껴진다. 그녀가 개의 주둥이를 벌려 이빨 사이로 집게를 밀어 넣는다. 창살처럼 날카로운 이빨과 고무처럼 굳어 버린 혓바닥 사이로 집게가 밀려들어간다. 벌려진 주둥이 틈새로 뭔가 작은 조각 같은 게 보인다. 은박지 같기도 하고 작은 클립 같기도 하다. 그럼 그렇지. 주인 여자는 집게를 내려놓고는 손을 혓바닥 안쪽으로 넣는다. 얼마 후 은빛의 조각이 그녀의 손에 딸려 나온다.

낚싯바늘이다. 윤석은 복구의 입가로 간헐적으로 흘러내리던 핏물과 유난히 뼈저리게 들리던 신음의 정체가 무엇 때문이었는지 비로소 이해가 된다. 필경 개를 판 사내는 낚싯바늘을 이용해 복구를 훔치지 않았을까 싶다. 개만도 못한 사람이라고. 여자가 퉁명스럽게 말을 내뱉고는 주방으로 들어가 버린다. 그 말이 훔친 개를 판 사내를 두고 하는 말인지 아니면 그것도 확인하지 않고 개를 잡아온 자신을 두고 하는 말인지 윤석은 알 수 없다. 허탈함이 밀려온다. 가끔 오늘처럼 피박을 쓰게 되는 경우가 있다. 그때마다 못 믿을 게 사람이라는 주인 여자의 말이 예삿말로 다가오지 않는다. 윤석은 서둘러 토치불을 끈다. 그리고는 다시 개를 자루에 넣는다. 끓어오르는 화를 가까스로 억누른다. 개를 판 사내의 번호로 전화를 했더니 결번이라는 안내문만 반복해서 흘러나온다.

오후 일이 끝나고 돌아오는 길은 늘 머릿속이 복잡하다. 식당 일을 할 때는 그나마 다른 곳으로 정신을 돌릴 수 있지만 일이 끝난 이후에는 온통 돈 걱정뿐이다. 눈을 뜨고 있는 순간은 돈 걱정만 하고 있다고 해도 과언이 아니다. 재민이 유치원비, 아버지 요양원비, 수도세, 전기세, 월세, 통신비, 생활비 등등 돈 들어갈 곳은 끝이 없다. 윗돌 빼서 아랫돌 막고, 아랫돌 빼서 윗돌 막느라 정신이 없다. 목구멍이 바짝바짝 탄다는 말이 무슨 뜻인지 이해가 간다. 설상가상으로 주인은 다음 달부터 월세를 올려 받겠다고 일방적으로 통보를 한 상태다.

정말이지 지난 몇 개월은 생각하기 싫을 만큼 끔찍했다. 하루가 멀다 하고 서너 명씩 떨어져 나가는 수강생들을 보고 있노라면 몸 한쪽이 부서지는 듯한 통증이 밀려왔다. 더 이상 학원에 있을 수 없었다. 직접 운영을 하는 원장이라면 모를까, 강사는 그야말로 일회용 소모품에 지나지 않았다. 무엇보다 서른아홉이라는 나이는 학원업계에선 더 이상 발을 붙이기가 어려운 퇴물이나 다름없었다. 대학을 갓 졸업한 신출내기 강사도 많은데 굳이 나이도 많고 강사료도 많이 나가는 남자 강사를 쓸 리가 만무했다.

언제까지 그렇게 대책 없이 살 건가요? 당신의 그런 모습에 이젠 진절머리가 나요.

이혼서류를 내밀던 아내의 눈에 경멸의 빛이 가득했다. 같은 학원 수학강사였던 아내는 윤석의 순수하고 유해 보이는 인상이 맘에 들어 결혼을 결심했다고 했다. 어디까지나 그 말은 경제적인 어려움이 없던 무렵의 얘기였다. 평소 아내는 삶이란 일정한 법칙에 의해 결과가 산출되는 수학 문제와 같은 거라고 생각하는 여자였다. 모든 게 원칙에 근거해 예측이 가능해야 한다고 믿는 쪽이었다. 그러나 점점 생활이 어려워지면서 아내의 생각은 점차 부정적으로 바뀌기 시작했다. 정확하게 말하면 윤석과 함께 사는 것은 풀 수 없는 수학 문제를 두고 끙끙거려야 하는 수험생이 되는 것과 진배없다고 생각하는 듯했다. 아내와의 이혼은 일사천리로 진행되었다. 그녀는 부족한 위자료를 받기 위해 월세 보증금에 가압류까지 걸었다. 수학 전공자답게 그녀는 단순하면서도 명쾌한 조치를 취했다. 그리고 윤석에게는 치매증세가 있는 아버지와 유치원에 다니는 다섯 살짜리 아들이 무거운 혹처럼 남겨졌다.

정말이지 윤석은 무슨 일이든 하지 않으면 안 될 처지였다. 윤석은 하루에도 몇 번씩 인터넷을 뒤지고 정보지의 구인난을 샅샅이 훑어봤다. 그러나 아무리 눈을 씻고 찾아봐도 자신을 필요로 하는 곳이 없었다. 아니 할 수 있는 일이 없었다. 어렵사리 몇 군데에 이력서를 넣기도 했지만 어느 곳에서도 답은 오지 않았다. 윤석은 서서히 지쳐 가고 있었다. 아니 죽어 가고 있었다는 말이 맞을지 모르겠다. 그렇다고 다시 학원으로 돌아갈 수는 없었다. 그는 이미 학원가에선 기피 강사 목록에 올라 있었다. 설령 받아준다 해도 수강생들 앞에 설 용기가 나지 않았다. 솔직히 말하면 떨어져 나가는 어린 학생들을 붙잡고 더는 감언이설을 되풀이할 수 없었다. 이혼 서류에 도장을 찍으며 아내가 건넨 말처럼 좀 더 세상을 모지락스럽게 살 자신이 없었다.

에버 그린 요양원은 도심에서 떨어진 변두리에 위치해 있다. 윤석은 아내와 갈등이 심해지면서 치매증세가 있는 아버지까지 신경 쓸 만한 여력이 되지 않았다. 심각한 정도는 아니지만 그렇다고 혼자 내버려 둘 만큼은 아니었다. 별 수 없이 월세 보증금 일부를 돌려받은 돈으로 아버지를 요양원에 맡길 수밖에 없었다. 치매증세가 있는 아버지를 집에 두고는 아무 일도 할 수 없었다. 그러나 그곳은 말이 요양원이지 죽음을 목전에 둔 노인들이 마지막 거처하는 곳 그 이상도 이하도 아니었다. 담당 직원은 내 집처럼 편하게 모신다며 아무 걱정하지 말라고 했지만 윤석은 그 말이 뻔한 거짓말이라는 것을 모르지 않았다.

아버지는 여느 날과 똑같이 창문 너머를 바라보고 있었다. 한숨 잠을 자고 일어났는지 머리 한쪽이 짓눌러져 있다. 걱정했던 것보다 수면제에 대한 내성이 약한 편은 아닌 것 같다. 아버지는 윤석이 오는 것도 모르고 창가를 응시하며 혼잣말을 한다. 간혹 상스러운 육두문자도 섞여 있다. 방바닥엔 먹다 남은 과자부스러기가 널브러져 있고 여러 모양의 강아지 장난감이 흩어져 있다. 담당 직원 말로는 그나마 아버지의 기분이 좋을 때는 지금처럼 장난감을 가지고 놀 때라는 것이다. 가만히 내버려 둬도 몇 시간씩이고 장난감을 가지고 논다는 것이다.

이놈들아 천천히 묵어라. 싸우지들 말고. 아버지는 장난감을 향해 주문을 외듯 말한다. 마치 동물원의 사육사 같다. 이제 보니 아버지의 손에는 기다란 검은 혁대가 들려 있다. 치렁하고 낭창한 것이 얼핏 개줄 같은 느낌을 준다.

"아버지 지금 뭐하세요?"

"뉘시오?"

아버지는 윤석을 물끄러미 쳐다보며 고개를 갸웃거린다. 왼쪽 눈을 꿈벅이며 이편을 빤히 쳐다보는 것이 뭔가 마땅치 않은 모양이다. 윤석은 반사적으로 오른쪽 눈으로 시선을 돌린다. 하얀 조갯살 모양의 안구가 불빛을 받아 희뿌옇게 빛난다. 솜뭉치를 박아 넣은 것처럼 희뿌연 눈은 금방이라도 튀어나올 것처럼 부풀어 있다. 윤석은 잠시 두 눈을 감아 버린다.

"개들은 이렇게 풀고 키워야 하는 거유. 저놈들이 피둥피둥 살이 오르면 복날에 맞춰 잡아 드릴게."

아버지는 미간을 실룩거리며 만면에 흡족한 미소를 드리운다. 아버지의 손끝을 따라 검은 혁대가 낭창하게 늘어진다.

"제발 그만하세요!"

"손님, 성질도 급하시네. 아무리 급해도 그렇지, 살이 좀 올라야 올가미를 씌울 것 아니오? 이래 뵈도 애들은 직접 밥을 먹여서 키운 똥개라구."

"그만하시라니까요!"

윤석은 재빨리 혁대를 낚아챈다. 아버지는 잔뜩 화가 난 표정으로 윤석을 노려본다. 독기로 가득한 눈에서 금방이라도 불꽃이 일 것 같다. 아버지는 혁대를 돌려달라며 고래고래 고함을 지른다. 유독 혁대에 대한 집착이 강한 것이 필경 개줄로 착각을 하는 듯하다. 어디서 주워왔는지 집에는 아버지가 모아둔 혁대만도 수십 개가 넘는다. 아랫도리가 축축하게 젖는 걸 보니 아버지가 또 실례를 한 모양이다. 바지춤을 타고 오줌줄기가 방바닥으로 흘러내린다. 특유의 지린내가 방 안 가득 들어찬다.

윤석은 요양원을 나와 서둘러 집으로 오는 버스에 오른다. 요양보호사와 담당 직원에게 몇 번이고 아버지를 잘 부탁한다고 당부했지만 마음은 편치 않다. 약간의 돈을 넣은 봉투를 찔러줬지만 돈으로 해결될 일이 아니라는 걸 윤석은 너무도 잘 안다. 갈수록 아버지의 치매증세가 악화됐으면 악화됐지 좋아지지는 않을 거였다. 점점 시력마저 나빠지면 나중에는 움직이지 못하도록 묶어둘 게 뻔했다. 아마도 아버지에게는 세상에서 보내게 되는 마지막 감옥이 될 것이었다.

차창 밖으로 스치는 풍경을 따라 이런 저런 걱정들이 벌 떼처럼 달려든다. 윤석은 세차게 고개를 흔들어 생각들을 털어 버린다. 곧 재민이가 유치원에서 돌아올 시간이다. 요즘 들어 부쩍 녀석은 유치원에 가지 않겠다고 떼를 쓴다. 유치원 아이들이 더러운 강아지 냄새가 난다며 놀린다는 거였다. "아빠 싫어. 싫단 말이야. 엄마아." 녀석은 낭창한 회초리를 맞으면서도 유치원을 가겠다는 말은 끝내 하지 않았다. 희고 가느다란 종아리에 붉은 줄이 또렷이 새겨졌다. 어쩌면 윤석은 재민이보다 자신에게 화가 났었는지 모른다. 윤석은 재민이를 재우고는 자책을 했다. 그것은 자신을 향한 가혹한 매질이었다.

평소에 재민이는 아빠를 생각해서 그런지 엄마에 대한 내색을 하지 않는다. 또래보다 빨리 철이 들어버린 게 윤석은 모두 자신의 탓만 같다. 처음부터 엄마의 엄 자만 나와도 매섭게 꾸짖곤 했었다. 이 세상에 엄마는 존재하지 않으니 두 번 다시 찾지 말라 하면서 말이다. 그때마다 녀석은 닭똥 같은 눈물을 삼키며 말없이 울었다. 윤석은 재민이의 속울음이 목구멍에 걸린 가시처럼 느껴져 가슴이 터질 듯 아팠다. 차창으로 보이는 붉은 햇살 너머로 재민이의 얼굴이 흐릿하게 지워져 간다.

해 질 무렵의 어스름한 빛이 지하 창문으로 감질나게 스며든다. 밤이 되려면 아직 멀었는데도 이곳은 벌써 짙은 어둠이 내려와 있다. 윤석은 서둘러 텔레비전을 켠다. 집에 돌아오면 습관적으로 리모컨을 누른다. 불을 켜도 어두운 이곳은 늘 외로움과 어둠이 들어차 있다. 이 지하를 벗어나 햇볕만이라도 온전히 들어오는 집에서 살 수 있다면. 그러나 윤석은 이내 고개를 젓고 만다. 몇 달째 밀린 전기요금과 수도세도 내지 못해 전전긍긍하는 마당에 지하방을 벗어나는 꿈을 꾸다니, 윤석은 스스로를 허영심이 가득한 사람이라는 생각이 든다.

"아빠!"

도로에 면한 반지하라 작은 소리도 또렷하게 들린다. 병아리반 교사가 재민이를 향해 손을 흔들고는 봉고차로 올라서는 모습이 보인다. 차가 출발하자 노란 가방을 들쳐 멘 재민이가 지하 입구 쪽으로 달려오는 모습이 보인다. 윤석은 습관적으로 아이의 표정을 살핀다. 원비 때문에 눈총을 받지는 않았는지, 엄마 없는 아이라고 놀림이나 받지는 않았는지 사소한 것에도 신경이 쓰인다.

"아빠, 우리 집 그림. 오늘 유치원에서 그린 거야."

재민이가 스케치북을 건네며 의기양양해 한다. 바탕이 온통 검은색 일색인 그림이다. 뾰족한 창살을 배경으로 냉장고와 커다란 옷장이 보이고, 그 주위로 네 발 달린 동물들이 모여 있다. 동물들은 기형적으로 짧은 꼬리를 치켜세운 채 바닥에 떨어진 무언가를 주워 먹고 있다. 윤석은 그림 속의 동물이 개라는 사실을 모르지 않는다.

"아빠가 이런 그림 그리지 말랬잖아!"

윤석은 버럭 언성을 높인다. 그림은 다섯 살짜리 아이가 그렸다고는 생각되지 않을 만큼 낯설다. 아니 징그럽다. 그림 속의 집은 컴컴한 사육장을 떠올리게 한다. 예전에 아버지가 타던 오토바이 뒤 칸에 부착되어 있던 철망 안의 모습을 닮아 있다. 재민이 두 눈에 그렁하게 눈물이 차오른다. 녀석은 소리를 지르며 우는 것도 잊어버린 모양이다. 목구멍 밖으로 흘러나오지 못한 속울음이 돌덩이처럼 느껴진다.

윤석은 재민이를 안아 손바닥으로 등을 토닥인다. 새삼 아내의 빈자리가 크게 느껴진다. 울며 떨어지지 않으려는 재민이를 억지로 떼어 내며 보란 듯이 집을 나서던 아내였다. 뒤도 돌아보지 않고 모지락스럽게 떠나던 아내의 뒷모습이 설핏 어른거린다. 지금쯤 아내의 삶은 수학 공식처럼 정확하고 예측 가능해야 한다는 전제를 스스로 증명했을까.

어느 결에 품에 안긴 재민이가 스르르 잠이 들고 만다. 씻기고 밥을 먹여야 하는데 안쓰러운 생각이 든다. "컹컹." 텔레비전 화면에서 개 짓는 소리가 흘러나온다. 윤석은 물을 끓이기 위해 켜 둔 가스 불을 줄이고는 잠시 눈을 돌린다. 성난 개들의 울부짖음 사이로 친근한 나레이터의 목소리가 이어진다.

개고기는 식량이 부족한 이곳 원주민들에게는 중요한 영양 보충원입니다. 그래서 개를 잡는 날이면 원주민 모두가 개고기로 포식을 하게 됩니다…. 케이블 방송에서 신비한 오지체험이라는 프로를 방영하고 있었다. 화면에는 원주민으로 보이

는 사내가 식칼을 들고 까맣게 그을린 개의 배를 가르고 있었
다. 순간 어디서 몰려왔는지 수십 마리의 개들이 길길이 날뛰
며 혓바닥을 날름거린다. 사내를 에워싼 주위 사람들이 개를
쫓아 보지만 사나운 개 떼를 감당하기에는 역부족이다. 사내
가 한 움큼의 내장을 도려내 마당 한가운데로 휙 내던졌다. 그
러자 개들이 먹이를 차지하기 위해 필사적으로 달려든다. 도
살된 개의 내장을 먹기 위해 달려드는 개 떼들의 눈에는 핏발
이 서 있었다. 그러나 윤석의 눈에 그 모습은 그다지 낯설지가
않다. 개장수를 하던 아버지가 개를 잡을 때면 눈앞에서 벌어
지던 광경이었다.

　　예상했던 대로 한차례 난리가 난 모양이었다. 치매가 심해
지면 오래전 일만 기억한다는데 아버지가 그런 경우인가 보았
다. 필경 아버지는 특정한 기억에서 벗어나지 못하는 듯했다.
윤석은 이제 스마트폰에 요양원 번호가 찍히면 아버지의 발작
이 도졌다는 신호로 받아들였다. 시간이 갈수록 점점 발작 주
기가 짧아졌다. 아마도 아버지는 죽음에 이르러서야 과거의
기억과 영원한 이별을 고할지 몰랐다.
　　"아버지 이제 그만하세요."
　　윤석은 아버지를 향해 소리를 질렀다. 방 안에는 어처구니없
는 장면이 펼쳐지고 있었다. 아버지가 요양보호사의 다리를 긴

혁대로 묶고는 헛소리를 뱉어 내고 있었다. 못 보던 혁대였다.

"이놈은 밥만 먹여서 기른 똥개여라. 피둥피둥 살찐 것만 봐도 알 수 있겠지유. 이번엔 제대로 값을 쳐주지 않으면 절대로 팔지 않을 테니 그리 알아요."

"아버지 그만하세요! 제발 정신 좀 차리세요. 계속 이러면 더는 이곳에 있지 못해요."

윤석은 아버지의 손에서 재빨리 혁대를 낚아챈다. 아버지가 중심을 잃고 바닥에 쓰러지자 윤석은 서둘러 요양보호사 다리에 묶인 끈을 푼다. 아버지가 고래고래 소리를 지르며 끈을 뺏으려 발버둥을 친다. 새로 왔다는 요양보호사의 얼굴은 완전히 사색이다. 윤석이 두 팔로 아버지를 붙잡고 있는 사이, 요양보호사가 서둘러 밖으로 나간다. 살다 살다 이런 미친 영 감탱이는 처음 보네….

분을 이기지 못하겠다는 듯 아버지 눈이 심하게 뒤틀린다. 시퍼런 불꽃이 이는 오른쪽 눈과 달리 짓물러진 반대쪽 눈은 이내 물기가 차오른다. 백태처럼 새하얀 흰자위에 증오로 가득 찬 개의 눈이 겹쳐진다. 그때까지도 아버지는 방금 놓쳐 버린 개를 잡아야 한다며 연신 소리를 지른다. 암호와 같은 싸늘한 미소가 아버지의 얼굴에 어린다.

아버지의 기억 속에는 아직 개를 잡던 때의 호기로운 당신의 모습이 남아 있을 터였다. 윤석은 혹여 아버지가 다시 개

잡는 일을 한다면 치매 증세가 조금 나아질지도 모른다는 생각이 든다. 그러나 기력이 쇠해진 아버지가 다시 몽둥이를 들기는 어려울 거였다. 윤석을 노려보는 아버지의 눈에 죽음을 목전에 둔 개의 증오 같은 게 깃든다. 조갯살처럼 짓물러진 안구가 부지불식간에 튀어나올 것만 같다. 윤석의 머릿속으로 익숙한 어머니의 목소리가 파고들었다.

네 아버지 한쪽 눈은 개눈을 박아 넣었단다. 그때가 아마 네가 초등학교에 입학하던 무렵이었지 싶다. 무던히도 더웠던 기억이 있는 걸 보면 복날 즈음이었을 거야. 그날도 아버지는 개를 훔쳐 팔기 위해 인근 농장에 숨어들었단다. 애들을 봐서 그러면 안 된다고 수차례 매달렸지만 아버지는 도저히 내 말을 듣지 않았어. 아버지는 당신 스스로가 정한 법에 따라 사는 사람이었으니까. 그러나 꼬리가 길면 잡힌다는 말은 그때까지 단 한 번 실패한 적이 없던 아버지에게도 예외가 아니었던 것 같아.

그날은 평소 아버지의 수상쩍은 행동에 의심을 품고 있던 농장 주인이 모종의 조치를 취해 놓았던 모양이다. 한밤중 아버지가 철망 문을 여는 순간 반대편 문이 열리면서 수십 마리의 개들이 일시에 튀어나왔다. 개들은 먹이를 낚아채듯 아버지를 덮쳤다. 미처 예상치 못한 개 떼의 습격에 아버지는 조금도 꼼짝할 수 없었다. 농장 사람들의 도움으로 가까스로 목숨은 건졌지만 아버지는 왼쪽 눈과 허벅지에 심한 부상을 입었다. 발톱에 긁힌 안구가 거의 돌출 지경에 이를 정도로 상처가 깊었다. 눈을 빼내지 않으면 시신경까지 썩어 들어가 죽을 수도 있다는 말에 아버지는 결국 안구 적출 수술을 받아야 했다. 그리고 그 자리에 개눈을 박아 넣었던 것이다.

벌써 삼십여 년 전의 일이다. 윤석은 처음 이야기를 꺼내던 어머니의 표정을 지금도 잊을 수 없다. 그러나 얼마 후 아버지는 다시 개장사를 시작했고 예전처럼 개를 훔쳐왔다. 그리고 얼마 후 어머니는 아무 말도 없이 집을 나갔다.

얼마쯤 잤을까. 한밤중에 난데없이 관할 파출소에서 전화가 걸려왔다. 윤석은 전에 없던 일이라 적잖이 당황스러웠다. 강경사라고 신분을 밝힌 형사는 뭔가 확인할 게 있으니 어렵더라도 지금 좀 나와 달라고 채근했다. 정중한 부탁이었지만 분위기로 봐선 협박이나 다름없었다. 도대체 무슨 일이지? 밤중에 파출소로 나오라니. 윤석은 아무리 생각해도 짚이는 게 없었다. 재민이는 이불을 걷어찬 채 흰 배를 드러내며 자고 있었다.

"강윤석 씨, 오늘 이 사람한테 개를 샀죠?"

경찰이 윤석에게 개를 팔았던 사내를 가리키며 물었다. 그 옆에는 웬 노인이 단단히 화가 난 표정으로 앉아 있다.

"네. 그런데요?"

윤석이 사내를 바라보며 고개를 끄덕인다. 그러나 형사는 윤석의 말을 믿지 못하겠다는 눈치다.

"샀다고요? 훔친 게 아니고."

"분명히 샀는데요."

아마도 사내가 판 개는 훔친 개인 듯했다.

"당신들이 뭔데 남의 개를 맘대로 사고팔아? 나 원 참."

노인이 언성을 높인다. 졸지에 윤석은 파렴치한 장물아비가 되어 있었다.

"오늘이 개고기 수요가 많은 복날이라며 훔친 개라도 상관이 없다고 하길래⋯."

사내는 눈앞에서 버젓이 거짓말까지 한다. 그는 윤석이 훔친 개라는 사실을 알고도 싼값에 구입을 했다고 미리 말을 한 모양이다. 그러나 윤석은 시세보다 후하게 값을 지불했는데도 영수증을 받지 않았기에 사내의 말을 뒤집을 방법이 없다.

형사는 발뺌을 해봤자 소용없으니 순순히 인정을 하고 합의하는 게 낫다며 종용을 한다. 노인 또한 오전 나절에 오토바이를 타고 가는 윤석을 봤다며 대놓고 사내를 거든다. 그러면서 복구는 혼자 사는 자신에게는 자식이나 다름없었는데 이제는 어떻게 사냐며 눈물까지 글썽인다. 이 마당에 윤석이 무슨 말을 해도 그것은 변명에 지나지 않을 것 같다.

별 수 없이 윤석은 몇 곱절의 돈을 노인에게 지불을 하는 것으로 합의를 본다. 일을 계속하기 위해선 그 방법 외에는 달리 뾰족한 수가 없었다. 지장을 찍고 나자 윤석은 정말로 장물아비가 돼 버린 느낌이다. 형사는 경찰서를 나가려면 보증인이 필요하다며 연락할 사람이 있느냐고 묻는다. 머릿속에서 떠나버린 아내와 치매를 앓는 아버지 그리고 원비가 밀린 재민이가 차례로 떠오른다.

방에선 여전히 눅눅하고 비릿한 냄새가 진동한다. 엄마아. 재민이가 잠결에 입술을 달싹인다. 아마 꿈을 꾸는 모양이다. 재민이는 여전히 배를 드러낸 채 윗목에까지 올라와 있다. 종아리에 며칠 전에 맞은 회초리 자국이 희미하게 남아 있다. 윤석은 느티나무 식당을 그만둬야겠다고 생각한다. 그러나 그것도 잠시 방구석에 놓인 쭈그러진 쌀 포대를 보고는 이내 마음을 고쳐먹는다. 윤석은 재민이를 번쩍 안아 요 위에 눕히고 이불을 덮어준다. 녀석에게서 쉰내가 난다. 아니 개 비린내가 난다.

한 번 떠나 버린 사람은 두 번 다시 오지 않아. 내 남편도 그랬으니까. 다른 여자를 만나더니 영영 가 버리더라구. 언제가 식당 주인이 체념하듯 내뱉던 말이 윤석의 뇌리를 스친다.

윤석은 조심스럽게 서랍을 연다. 뱀의 똬리처럼 둘둘 말린 혁대들이 보인다. 윤석은 하나도 빠뜨리지 않고 혁대를 꺼내든다. 특유의 비린내가 코를 찌른다. 어둠에 물든 계단은 반지하라 그런지 늘 접혀진 병풍 같다. 앉은 채로는 너머의 풍경을 볼 수 없다. 다분히 저편에서 이편을 보기 위한 구조인 것이다. 이 연립을 지은 업자는 계단이 그저 오르내리는 것에 소용되는 받침대쯤으로 생각했을지 모른다. 그러나 윤석에게는 지상과 지하를 구분하는 경계일 뿐이다.

계단을 올라 연립 밖으로 나오자 서늘한 바람이 불어온다. 윤석은 있는 손에 들고 있는 혁대를 모두 쓰레기 수거함으로 밀어 넣는다. 뒤이어 바닥으로 떨어지는 소리가 아득하게 들려온다. 어느 결에 개 비린내가 가시는 듯하다.

인 더 하우스

토사를 가득 실은 덤프가 달려온다. 현장 입구에 세워진 커다란 광고판이 일순간 먼지에 뒤덮인다. 21세기 주거 혁명을 이끄는 '꿈의 언덕'이 온통 먼지투성이로 변해 버린다. 입간판 조감도에는 단란한 가족의 모습이 클로즈업 되어 있다. 딸을 안은 남편과 아들의 손을 잡은 아내가 함박웃음을 지으며 녹음이 우거진 잔디밭을 거닌다. 공중에는 한 무리의 새 떼가 포물선을 그리며 날고 있다. '당·신·의·행·복·을·책·임·지·는·꿈·의·언·덕.' 마치 조련사의 신호에 따라 새들이 글자 맞추기 쇼를 하는 것 같다. 바람이 불어오자 먼지가 조감도 위로 흩날린다. 일순간 '꿈의 언덕'은 모래집으로 바뀌어 버린다.

김 기사는 담배에 불을 붙이고는 담과 이웃한 감나무로 눈을 돌린다. 얼마 전까지만 해도 붉은 홍시가 매달려 있었을 꼭대기에 아파트 분양 광고 전단지가 걸려 있다. 마치 감나무가 아파트를 이고 서 있는 것처럼 보인다. 담장 안쪽으로 새끼손가락 굵기만 한 크랙이 보인다. 김 기사는 기구함에서 버니어 캘리퍼스를 꺼내 든다. 김 기사는 크랙의 크기만큼 고정쇠를 벌려 가늠자와 아래 눈금을 일치시킨다. 20미리. 생각했던 것보다 균열이 심각하다. 화이트보드에 크랙의 번호를 기입하고는 디지털 카메라를 집어 든다. 렌즈 너머로 고무줄 같은 기다란 크랙이 자리를 잡는다.

조금 전, 집 주인 여자는 이골이 난 표정으로 잠시 공사 현장을 바라보더니 말없이 현관으로 들어가 버렸다. 필경 김 기사가 건설사 소개로 안전진단을 나왔다는 것을 알고는 거리를 두는 눈치다. 아마도 가재는 게 편이라고 생각하는지 모른다. 붉은 황토밭에 갇힌 젊은 여자. 그녀에게선 어딘가 모르게 내밀한 외로움의 냄새가 묻어난다.

갑자기 비를 머금은 바람이 불어온다. 카메라 렌즈 너머로 낭창하고 가느다란 줄이 잡힌다. 감나무 가지와 벽면 사이에 걸린 거미줄이다. 작은 딱정벌레 한 마리가 거미줄에 얽혀 발버둥을 치고 있다. 바람을 등진 거미 한 마리가 거미줄을 타고 시시각각 거리를 좁혀 온다. 김 기사는 엉거주춤한 자세로 한동안 그 모습을 지켜본다. 빗방울이 툭, 하고 렌즈를 스치며 떨어진다. 가느다란 줄을 타고 엇갈린 운명이 흐른다. 머잖아 크랙은 딱정벌레의 무덤으로 변해 버릴 것이다.

"저기요. 지금 많이 바쁘시나요?"

언제 나왔는지 주인 여자가 굳은 얼굴로 이편을 바라보고 있다. 창백한 얼굴이 흐린 날씨와 묘한 대조를 이룬다.

"아니요. 그렇게 바쁘지는 않은데…."

"혹시 컴퓨터 좀 봐줄 수 있나 해서요… 원고 작업을 하고 있는데 갑자기 다운이 돼 버려서. 오늘까지 꼭 송고를 해야 하거든요."

"…글쎄요."

여자의 얼굴에 실망의 빛이 어린다. 김 기사는 서비스센터에 전화를 해 도움을 받는 편이 나을 거라는 말을 하려다 만다. 복잡한 게 아니라면 자신도 할 수 있지 않을까 싶다. 안전 진단 일을 하기 전에 컴퓨터 부품 관련 사업을 했던 터라 웬만한 것은 볼 줄 안다.

김 기사는 공구함 한쪽에 들어 있는 작은 디스켓 다발을 꺼낸다. 솔직히 여자가 사는 집의 내부가 궁금하기도 하다. 현관문을 열고 들어서자 공중목욕탕에 들어온 것처럼 우렁우렁한 소음이 들린다. 창문마다 이중커튼이 걸려 있고 틈새로 노란색 테이프가 부착되어 있다. 공사장 소음을 막으려고 애를 쓴 흔적은 역력하지만 그것만으로는 역부족일 것 같다. 얼핏 들어도 기준치 데시벨은 넘을 것 같다. "보상은 바라지도 않고 그냥 이 집에서 계속 살 수만 있으면 좋겠어요."라며 여자는 묻지도 않은 말을 한다. 김 기사는 무슨 의미인지 안다는 듯 가볍게 고개를 끄덕인다.

"혹시 근래에 출처가 분명치 않은 메일을 받은 적이 있나요?"

"아니요. 그런 적은 없어요⋯."

"그럼 특별히 다운받은 프로그램 같은 것은요."

"글쎄요. 가끔 인터넷을 하다 보면 바탕화면에 조그만한 광고 창이 뜰 때가 있던데."

여자의 눈빛이 조금 불안해 보인다. 필경 스팸광고가 문제를 일으킨 것 같다. 본체 스위치를 누르자 컴퓨터 특유의 기계음 소리가 들린다. 그러나 소리는 이내 공사장 소음에 묻혀 버린다. 김 기사는 디스켓 함에서 까만색의 디스켓을 꺼낸다.

"복구만 해 주시면 수리비는 충분히 드릴게요."

여자는 금방이라도 컴퓨터를 고칠 것 같은 기대 섞인 눈으로 이편을 바라본다. 그리고는 불이 켜진 거실 쪽으로 걸음을 옮긴다. 김 기사는 괜한 일을 벌린 것은 아닌지 잠시 후회가 된다. 컴퓨터 부품 매장을 할 때도 시스템을 복구해 달라고 직접 PC를 가지고 온 사람들이 적지 않았다. 그들은 매장에만 오면 모든 게 일사천리로 해결되는 줄로만 생각을 했다. 윈도우 포맷을 설치하는 일이야 프로그램만 다운받아 깔면 되니까 간단하지만 날아가 버린 데이터를 복원하는 일은 생각만큼 쉽지 않다. 정체불명의 바이러스가 침투했을 때는 더더욱 그렇다.

타다다다−.

밖에선 연신 암벽을 뚫는 굴착기 소리가 들린다. 굴삭기의 뾰족한 날이 암벽을 가르며 특유의 위용을 자랑하나 보다. 으슬으슬 한기가 도는 게 감기몸살이 시작되는 것 같다. 늘 먼지 구덩이에서 살다 보니 환절기만 되면 편도가 붓는다. 겨울에 수술을 했어야 하는데 차일피일 미루다 때를 놓친 것이 적잖이 후회가 된다. 김 기사는 하드 드라이브에 백신 치료용 디스켓을 밀어 넣는다. 내장하드에서 데이터를 읽는 특유의 소리가 들린다. 얼마 후 화면에 다섯 개의 파일에서 악성코드가 발견되었다는 문구가 뜬다. 필경 스팸메일이나 광고성 프로그램을 잘못 클릭해서 감염이 된 모양이다.

거실에서 찻잔 부딪치는 소리가 들린다. 차라리 집을 팔고 이사를 가지, 뭐하러 생고생을 할까. 김 기사는 휘장 같은 커튼이 내려진 방 안을 둘러보며 혼잣말을 한다. 머잖아 아파트 숲이 사방을 에워싸면 집은 섬으로 변해 버릴 것이다.

바이러스는 예상했던 것보다 쉽게 잡힌다. 전자우편을 통해 실행파일로 전염된 모양인데 주기적으로 엔진을 업데이트만 했어도 갑자기 시스템이 다운되는 일은 없었을 것이다. 윈도우를 닫자 푸른 바탕화면에 쪽배 같은 몇 개의 아이콘이 나타난다. 김 기사가 한글 아이콘 위에 커서를 놓고 클릭을 하자

화면에 '인 더 하우스'라는 제목의 글이 뜬다. 여자가 쓰고 있다는 원고인 것 같다. 김 기사의 눈이 자신도 모르게 커서가 가리키는 문장으로 향한다….

내 생의 줄타기는 그 남자를 만나면서 시작되었다…. 그는 대학에서 법학을 가르치는 시간강사였다. 제도권 안에 들어가지 못한 비정규교수라는 직함을 가지고 이 대학 저 대학을 옮겨 다니며 강의를 했다. 마흔다섯이라는 늦은 나이에도 불구하고 보따리 장사를 면치 못한 그에게선 늘 삶의 버거움이 느껴졌다….

갑자기 김 기사 등 뒤로 "차 한 잔 드시고 하세요."라는 말이 들려온다. 김 기사는 반사적으로 창을 닫고는 마우스에서 손을 뗀다. 뒤통수가 벌에 쏘인 듯 따갑다. 그러나 김 기사는 이내 아무렇지 않은 듯 "바이러스는 잡혔거든요. 앞으로는 출처가 분명하지 않은 메일은 열어 보지 말고 그냥 삭제를 하세요."라고 말한다. 여자는 김 기사가 무안해 할까 봐 부러 못 본 척한다. 김 기사의 머릿속으로 여자의 비쩍 마른 몸이 흡사 마네킹 같다는 생각이 스친다. 여자는 덕분에 오늘 안으로 원고를 마무리할 수 있을 것 같다며 연신 고맙다는 말을 한다. 김 기사는 여자의 관심이 집의 안전진단인지 아니면 쓰고 있는 원고인지 잠시 헷갈린다.

김 기사는 편도선 때문에 커피를 마실 수 없다고 말을 하고
는 자리에서 일어난다. 차라도 한 잔 마시고 가라는 여자의 말
을 귓등으로 흘리며 현관문을 나선다. 습기 때문에 물비린내
가 물큰하게 번져 온다. 빗줄기는 조금 전보다 더 굵어져 있
다. 별 수 없이 오늘 일은 작파해야 할 것 같다. 김 기사는 기
구를 챙겨 공구함에 넣고 차에 오른다.

현장에서 철수를 하는 트럭이 경적음을 울리며 빗속을 내
달린다. 차량의 뒤꽁무니 틈으로 흙탕물이 줄줄 흘러내린다.
절개지의 단면은 식육점의 내부를 펼쳐 놓은 듯 온통 붉은빛
이다. 현장 부근에 있던 고양이 한 마리가 비를 피해 옥상 위
로 올라간다. 비에 젖은 털이 닳아진 빗자루처럼 추레하게 엉
겨 있다. 인기척에도 도망가지 않고 멀뚱하니 이편을 쳐다보
는 녀석에게선 더 이상의 적의가 느껴지지 않는다. 아내는 어
디로 사라졌을까. 갑자기 아내의 젖은 속살이 그리워진다. 김
기사는 발기되지 않는 성기를 가만히 어루만져 본다.

M이비인후과에는 진료를 받으러 온 사람들로 북적인다.
김 기사는 번호표를 뽑아 들고 창가로 가 자리를 잡는다. 유리
창을 타고 흘러내리는 빗물은 흡사 눈물샘이 고장 나, 하염없
이 흘러내리는 눈물처럼 보인다. 병원과 이웃하고 있는 반대

편 상가 건물이 눈에 들어온다. 대리석을 마감재로 사용해 고급스러움이 묻어나지만 건물 하단 구조물을 받치고 있는 기둥엔 미세한 크랙이 얽혀 있다. 자세히 보지 않고는 형체를 분간할 수 없을 정도로 작은 금이다. 준공을 한 지 얼마 안 돼 금이 생겼다는 건 필경 부실 공사를 했다는 반증이다. 기준량보다 시멘트에 물을 더 탔거나 불량 마감재를 썼거나 아니면 무리한 공기(工期) 단축으로 접착력이 떨어졌거나 아무튼 규정을 준수하지 않았다는 증거이다. 건물을 보면 자신도 모르게 먼저 크랙의 유무를 살피는 버릇이 있는 걸 보면 아마도 오랫동안 이 바닥을 떠나지 못할 것 같은 생각이 든다.

엘리베이터가 1층에서 멈추자 초등학생으로 보이는 사내아이와 사십 대 중반으로 보이는 남자가 나온다. 아이의 걸음걸이가 엉성한 것이 뭔가 심상치 않아 보인다. 아이는 고통에 겨운 얼굴로 거의 울기 직전의 표정을 짓고 있다. 그제야 기 기사는 2층에 비뇨기과가 있다는 사실을 깨닫는다. 이비인후과와 비뇨기과라…. 썩 자연스러운 조합은 아닌 것 같다. 도대체 듣는 기능과 배설하는 기능 사이에 어떤 관련이 있다는 것일까. 보아하니 아이는 고래잡이 수술을 한 모양이다. 사내아이를 설핏 쳐다보는 남자의 얼굴에 흐뭇한 미소가 어린다. 비로소 아들이 남자가 되었다는, 반가운 의미의 미소일 것이다.

불현듯 첫 몽정을 한 후 아버지의 손에 이끌려 고래를 잡던 때의 기억이 떠오른다. 사실 통증보다도 견디기 힘든 게 쑥스러움이었다. 그 이후로 김 기사는 비뇨기과 병원 간판을 볼 때마다 괜스레 얼굴이 달아오르곤 했다. 몇 달 전에도 발기력에 문제가 있어 비뇨기과를 온 적이 있었다. 아내가 집을 나가기 며칠 전이라 김 기사는 비교적 그날을 소상하게 기억한다.

이젠 지쳤어. 더 이상 당신을 믿을 수도, 더더욱 함께할 자신도 없어. 당신이 인정하든 안 하든 우리 사이에는 보이지 않는 금이 존재하니까.

아내는 최후통첩을 하듯 결별을 요구했었다. 지그시 눈을 감았다가 뜬 아내의 눈에서 푸르스름한 불꽃이 일었다 스러졌다. 아내와 마찬가지로 김 기사 또한 둘 사이에 적잖은 크랙이 새끼를 치고 있다는 사실을 모르지 않았다. 입 밖으로 꺼내지 않았지만 크랙의 존재를 인정하고 있었다. 돌이켜 보면 아내를 처음 만났을 때부터 그 크랙은 조금씩 자라나고 있었는지 모른다.

안전진단업체에 입사를 하고 처음으로 맡았던 일이 상가 안전진단이었다. 그때 아내는 상가 3층에서 피아노학원을 운영하고 있었다. 상가 옆으로 P클럽이라는 유통업체가 할인점 오픈을 앞두고 한창 막바지 공사를 진행하고 있었는데, 필경 학원 내부의 균열은 그 공사와 관련이 있어 보였다. 잎새 피아노 학원. 학원 이름은 오 헨리의 「마지막 잎새」라는 소설 의 제목에서 차용을 한 듯했다. 김 기사는 간판을 보며 폐렴으로 죽어 가는 친구를 위해 밤새워 그림을 그렸다는 어느 무명 화가를 떠올렸다. 그녀의 모습 어딘가에 그와 같은 화가의 열정이 투영되어 있을지 모른다는 생각을 잠시 했다. 그러나 그녀에게선 예술가 특유의 열정이나 날카로움보다는 삶에 지친 피로와 권태가 묻어났다. 내부의 크랙은 베토벤의 브로마이드가 부착된 벽면을 가로질러 바닥에까지 이어지고 있었다. 베토벤의 고뇌하는 얼굴은 죽음을 목전에 앞둔 불치병 환자의 느낌이 묻어났다. 얼핏 그녀의 표정도 음울한 베토벤의 분위기를 닮은 듯했다.

목은 섬세한 악기와 같은 거라고요. 흡연이 목에 가장 해롭다는 사실을 모르세요? 우선 담배부터 끊으세요.

넌지시 피아노를 배우고 싶다는 김 기사의 말에 그녀는 다짜고짜 언성을 높였다. 인사치레로 건넨 말을 진짜로 알아들은 거였다. 히스테릭하다기보다는 순수한 느낌이 들었다. 아니 좋았다.

집에 돌아오면 김 기사는 제일 먼저 리모컨으로 뉴스채널을 맞춘다. 세상 돌아가는 모습을 확인하는 것으로 하루를 마감한다. TV만큼 세상의 시시콜콜한 일들을 흥미롭게 보여 주는 매체는 없다. 여야 사활 건 승부, 유명 연예인 필리핀 원정도박, 장애인 여성 성폭행, 여배우 간통 혐의 피소…. 오늘도 헤드라인은 자못 흥미진진하다. 허리 아래와 관련된 송사나 허영심이 빚은 사건은 언제 들어도 호기심을 자극한다. 그것은 세상 어디에서건 늘 크랙이 발생하고 있다는 증거이기도 하다. 몸이 찌뿌듯하고 무겁다. 아무래도 샤워를 하고 술이라도 한잔 마셔야 잠이 들 것 같다. 보일러 급탕 스위치를 눌러 물의 온도를 높인다. 거울에 비친 알몸은 빈약하다 못해 고엽 같은 느낌마저 준다. 샤워기를 틀자 거뭇한 아랫도리 위로 가느다란 물줄기가 쏟아진다. 축 늘어진 성기가 바람 빠진 고무총 같다. 김 기사는 손으로 가만히 성기를 어루만진다. 가을볕에 말랑말랑하게 마른 고추 같다. 야릇한 기분과 달리 아랫도리는 발기되지 않는다. 김 기사는 한동안 거울을 바라보며 뜨거운 물줄기를 그대로 받아들인다. 그러자 넓고 투명한 거울이 갑자기 사각의 액정화면으로 바뀌어 버린다. 오래전의 풍경이 슬로우비디오처럼 느리게, 아주 느리게 거울 위로 흐른다.

그날 저녁을 준비하던 아내는 여느 날과 달리 사뭇 기분이 가라앉아 있었다. 즐거워야 할 신혼여행이 가방을 분실하는 바람에 그만 엉망이 되어 버렸다는 사실을 감안해도 아내의 표정은 눈에 띄게 어두웠다. 낯선 사내가 찾아온 것은 뒤늦은 저녁을 먹기 위해 식탁에 앉으려던 참이었다. 아침부터 결혼 준비로 부산하게 움직였던 터라 사뭇 배가 고팠다. "찌르르르." 한밤의 정적을 깨는, 매미 울음을 닮은 벨소리가 거실에 울려 퍼졌다. 푸른 액정화면에 사십 대 후반으로 보이는, 아니 나이를 가늠할 수 없는 남자의 얼굴이 비쳤다. 사내는 미국의 유명 야구 구단의 모자를 쓰고 점퍼의 깃을 올려 목에까지 올리고 있었다. 여기가 이미진 씨 댁 맞죠? 사내는 확인하는 투로 물었다. 실긋 웃는 미소가 푸른빛에 차갑게 부서졌다. 아내가 김치찌개 간을 보다 말고 액정화면으로 고개를 돌렸다. 아내의 동공이 구슬처럼 동그랗게 확대되는가 싶더니 손에 들려 있던 국자가 힘없이 바닥으로 떨어졌다. 그리고 아내는 무너지듯 그 자리에 쓰러졌다. 바닥에 머리를 부딪친 아내는 한동안 의식을 찾지 못했다. 액정화면 속의 사내는 아내에게 빌려준 돈을 받으러 왔다고 했다. 떼 먹은 선불금을 돌려받기 위해 찾아왔다며 사내는 싸늘한 미소를 지었다. 오늘은 집을 알았으니 다음에 또 찾아오리다. 사내의 말이 비수처럼 날아와 김 기사의 가슴에 박혔다. 그는 우유 투입구에 명함을 구기듯 밀어 넣고는 사라졌다. '블랙 앤 화이트' 최도식. 010-666-×××. 그가 사라지고 나자 김 기사는 황급히 구급차를 불렀다. 사내의 정체는 무엇일까. 병원에 도착할 때까지도 김 기사의 머릿속은 온통 아내에 대한 걱정보다 사내에 대한 궁금증으로 가득 차 있었다.

아내와의 결혼은 한 편의 드라마 같은 구석이 없지 않았다. 금연 조건으로 피아노를 배우게 된 사실 자체가 김 기사에겐 난센스나 마찬가지였다. 담배를 끊은 게 피아노를 배우기 위한 의도였는지 아니면 레슨을 핑계 삼아 연애를 할 목적이었는지 김 기사 자신도 정확히 모른다. 그저 누군가를 사랑하고 싶었다. 그 대상이 그녀가 아니었어도 김 기사는 누군가를 사랑했을 거였다. 컴퓨터 부품 매장을 접고 새롭게 발을 들여놓은 안전진단 업계에서 김 기사는 적잖이 외로웠다. 대학 때의 부전공을 살렸다고는 하지만 실무 경험이 없어 모든 게 낯설었다. 사내에선 왕따 아닌 왕따를 당하고 있었고 업무 실적은 바닥 언저리를 맴돌았다.

상가 안전진단을 계기로 김 기사는 업무가 끝나면 매일 미영의 학원에 들르다시피 했다. 피아노 소리를 듣고 있으면 왠지 마음 한구석이 편안해지는 느낌이 들었다. 그녀가 치는 피아노의 선율은 잔잔하고 부드러웠다. 스펀지에 물이 스며들듯 소리는 마음의 빈틈을 향해 흘러들었다. 그때마다 현장에서 속상했던 마음이 눈 녹듯 풀어지고 사랑이라는 감정이 싹이 트는 것 같았다. 그녀를 향한 김 기사의 마음은 빠르게 웃자라기 시작했다. 그러나 김 기사의 마음을 눈치챈 그녀가 더 이상 학원에 오지 말라며 일방적으로 통보를 했다. 그녀는 자신은 결코 누군가를 사랑할 수 없고 앞으로도 그럴 거라며 굳은 표정을 지었다.

갑자기 샤워기에서 뜨거운 물줄기가 떨어진다. 물의 온도를 감지하는 센서가 고장이 난 모양이다. 김 기사는 거울에 비친 축 처진 성기를 한동안 유심히 바라본다. 김 기사는 밖으로 나와 냉장고에서 먹다 남은 소주를 꺼낸다. 그리고는 유리잔 가득 소주를 부어 단숨에 들이킨다. 온몸으로 알코올 기운이 퍼져 나간다. 마음의 빈틈으로 알코올이 스며든다. 저릿한 통증이 세포 구석구석까지 흘러든다. 김 기사는 더 이상 외롭지 않다고 반복해서 읊조린다.

어제와 달리 여자의 표정이 그리 어둡지 않다. 짐작컨대 밀린 원고를 마감했기 때문인지 모른다. 여자는 마당 한쪽에 서 있는 감나무의 받침대를 치켜 올리다말고 대문을 열어 준다. 현장의 소음과 먼지 때문인지 감나무는 조금의 생기도 없어 보인다. 김 기사는 옥상으로 올라가며 "컴퓨터 이상이 없었나요?"라고 내처 묻는다. 여자는 창백한 미소를 드리운 표정으로 "덕분에 원고를 무사히 마무리 지을 수 있었어요."라고 말한다. 밤새 원고 작업을 했기 때문일까. 여자는 물에 젖은 솜처럼 무거워 보인다.

비는 그쳤지만 하늘은 여전히 흐리다. 현장입구를 따라 토사를 실은 덤프와 하차를 끝내고 진입하는 빈 덤프들이 시동을 켠 채 늘어서 있다. 짐작컨대 시공사와 하청업체 간에 전표상의 착오가 있나 보았다. 현장에선 흔히 있는 일이지만 가운

데서 죽어나는 건 덤프트럭 기사들이다. 전표 한 번 잘못 끊었다가는 기십만 원의 돈이 훌러덩 날아가 버리기 일쑤다.

옥상을 한 바퀴 빙 둘러본다. 한편에 노란색 담요가 덮인 물탱크가 있고 반대편엔 집기인지 쓰레기인지 모를 잡동사니가 널브러져 있다. 물탱크 뒤쪽으로 크고 작은 크랙이 널려 있고 군데군데 물곰팡이가 피어 있다. 생각보다 주택이 낡아 보이는 건 파란색의 곰팡이가 벽면에 도배되다시피 퍼져 있기 때문이다. 갑자기 등 뒤로 무언가 섬뜩한 것이 훑고 지나는 느낌이 든다. 난간 저편에 웬 고양이 한 마리가 독기 어린 눈으로 이편을 쏘아보고 있다. 영락없이 낯선 침입자를 감시하는 눈빛이다. 김 기사는 재빨리 바닥에 있는 돌을 주워 던지는 시늉을 한다. 녀석이 난간을 타고 빠르게 아래로 내달린다. 그러다 그만 현장 공사장과 주택 사이에 난 깊은 구덩이 속으로 미끄러져 버린다. 흡사 바닥에 내동댕이쳐지는 헌 짐짝의 모습이다. 흙벽을 따라 미끄러지는 모습이 흡사 애니메이션 영화에서 미끄럼틀을 타고 내달리는 고양이의 모습을 연상케 한다. 가르릉-. 가르릉-. 녀석의 입에서 연신 거친 숨소리가 흘러나온다. 김 기사는 물탱크 아래에 있는 기다란 장대를 들어 구덩이 아래로 던져 준다. 녀석은 있는 힘껏 발톱으로 장대를 움켜쥐려 발버둥을 치지만 번번이 미끄러지고 만다. 김 기사는 또 하나의 장대를 던져 준다. 그러나 녀석은 구덩이를 빠져

나오지 못한다.

별수 없이 김 기사는 고양이의 울음소리를 뒤로 한 채 안전진단을 시작한다. 기구함에서 크랙디스크와 에폭시를 꺼내든다. 난간 중간 지점에 자리한 큰 크랙 주위로 옥수수 수염뿌리 모양의 실금이 얽혀 있다. 아무래도 큰 크랙은 고정핀을 설치해 균열의 변화를 측정하는 게 나을지 싶다. 공사가 끝난 시점에 크랙이 더 커져 있다면 틀림없이 현장의 발파작업이 가옥의 균열에 영향을 미쳤다는 증거가 될 것이다. 나사못처럼 생긴 가느다란 크랙디스크 주위로 흰 분말의 접착제를 분사한다. 피스톤을 지그시 누르자 밀가루처럼 하얀 분말이 부드럽게 밀려나온다. 에폭시라고 불리는 이 접착제는 실리콘처럼 물렁물렁하지만 시간이 지나면 석고처럼 단단해지는 특성이 있다. 점액질 위에 크랙디스크를 박아 고정시키고 유성 펜으로 그 주위에 동그라미를 그린다. 크랙은 이제 서서히 틈을 넓혀 갈 것이다.

"옥상 작업은 마무리가 됐거든요. 몇 군데 금이 간 것 외에는 크게 걱정 안 하셔도 될 것 같네요."

옥상에서 내려오다 마침 현관 밖으로 나오는 주인 여자와 마주친다. 외출을 하려는지 검정색 목도리를 둘렀고 손에는 지갑이 들려 있다.

"다행이네요. 이상이 있으면 어쩌나 걱정을 했는데… 근데 뭐 좀 물어봐도 될까 싶네요…."

여자가 뭔가를 망설이는 눈치다. 안전진단 결과를 자신에게 유리하게 해 달라는 것일까. 김 기사는 여자가 뻔한 부탁을 하려나 싶다.

"어려운 부탁만 아니면요."

"혹시 아파트 동이 어느 쪽으로 들어오는지 궁금해서요. 아무래도 아파트가 지어지면 우리 집이 막혀 버릴 것 같아서요."

"아무래도 그렇겠죠. 도면상으로 보면 집 옆으로 바로 한 동이 들어오고 앞으로는 또 한 동이 들어오구요. 물론 앞 동은 일조권이나 조망권이 있기 때문에 가까이 지을 수는 없지만 어차피 20층이기 때문에 이 집은 가로막히게 되어 있어요. 웬만하면 집을 건설사에 팔고 이사를 가는 게 나을지 싶은데…."

김 기사는 은근히 여자에게 채근을 한다. 꼭 건설사 입장이 아니라도 아파트가 지어지고 나면 집값이 똥금이 되는 건 시간문제다.

"기사님 말을 믿어도 될까요?"

여자가 잔뜩 호기심을 품은 눈으로 이편을 쳐다본다. 평생 속고만 살아왔나. 김 기사는 생각해서 해 준 말인데 의심을 하는 여자가 야속해 보인다.

"아무리 건설사 소속이라고 하지만 뭔가를 속일 생각은 추호도 없어요. 제 말을 못 믿겠으면 구청 지적과에 가서 서류를

열람해 보세요. 신청만 하면 누구나 볼 수 있으니까요."

김 기사는 퉁명스럽게 말한다. 기초 공사가 시작되고 아파트 골조가 올라가기 전에 집을 팔아야 그나마 손해가 아니라는 말을 하려다 그만둔다. 어차피 이런 경우엔 십중팔구 건설사에 집을 매도하기 마련이다.

"믿어야죠. 어제 컴퓨터까지 고쳐 주셨는데."

여자는 애써 미소를 지어 보이고는 뭔가를 생각하는 눈치다.

"잠깐 볼일이 있어 밖에 나갔다 올게요. 혹시 안에서 할 일이 있으면 들어가셔도 괜찮아요."

여자가 현관을 가리키며 말을 건넨다. 그렇지 않아도 내부 안전진단을 하기 위해 양해를 구하려던 참이었다. 필경 구청에 가서 확인을 하든지 아니면 현장사무소를 찾아가든지 할 것이다.

여자가 대문 밖으로 나가고 나자 김 기사는 현관문을 열고 안으로 들어간다. 어제 한 번 들어와서 그런지 낯설다는 느낌은 들지 않는다. 문틈으로 쉴 새 없이 공사장 소음이 새어 들어오고 이따금씩 암반 발파작업 탓에 집이 흔들리기도 한다. 정말이지 이런 곳에서 살다가는 노이로제에 걸려 버릴 것 같다. 어지간하면 집을 팔고 이사를 가는 게 나을 텐데. 김 기사는 여자가 괜한 고집을 부리고 있다는 생각이 든다.

실내는 여느 주택의 거실 풍경과 크게 다르지 않다. 벽 쪽으로 고만고만한 가재도구와 칠이 벗겨진 브라운색의 쇼파가 놓여 있다. 전체적으로 색이 바랜 화이트 톤의 벽지는 여자의 무표정한 얼굴처럼 음울하다. 여자는 왜 먼지와 소음으로 가득한 이곳을 떠나지 않는 걸까. 건설현장사무소에서 몇 번이나 인근 부동산을 통해 여자의 집을 사겠다는 의사를 넣었는데도 말이다. 여자도 뻔히 아파트가 들어서면 집값이 떨어질 거라는 사실쯤은 알고 있을 것이다. 어느 정도 가격이 맞으면 집을 팔고 다른 곳으로 이사 가는 게 남는 장사일 텐데 말이다.

목의 편도가 따끔거리며 통증이 인다. 침을 삼킬 때마다 가시가 걸린 것처럼 목울대가 아프다. 환절기마다 되풀이되는 이 증세는 아마 현장을 떠나지 않는 한은 없어지지 않을 것 같다. 잠시 쉬었다가 안전진단을 하는 게 나을지 싶다. 김 기사는 잠시 망설이다 쇼파에 털썩 주저앉는다. 몸도 무겁고 자꾸 하품이 나온다. 이대로 주저앉아 마냥 쉬고만 싶어진다. 벽에 걸린 기다란 거울이 눈에 들어온다. 아랫 부분에 보이는 나 있는 금이 흉터처럼 도드라져 보인다. 부부 싸움을 하다 금이 간 것일까, 아니면 거울이 바닥에 떨어져 생긴 것일까. 갑자기 눈 앞이 뿌옇게 흐려지고 몽롱해진다. 김 기사는 두 손을 들어 허공을 휘젓는다. 갑자기 금이 드러난 틈 어딘가에서 까만 손이 불쑥 나와 목을 움켜쥘 것만 같다. 어느 결에 거울은 푸른 액정화면으로 바뀌어 버린다. 모자를 눌러쓰고 마스크를 착용한 낯선 사내가 이편을 향해 기분 나쁜 미소를 흘리고 있다. 아마 칠팔 년 됐을 거야. 미진이가 '블랙 앤 블루'에 있던 때가. 액정화면 속의 사내는 연신 기분 나쁜 웃음을 흘린다. 갑자기 그는 손가락을 구부려 갈고리 모양을 만들더니 연신 위아래로 흔든다. 손등에 난 흉터가 징그러운 벌레가 기어가는 것처럼 꿈틀거린다. 그러면서 사내는 선불금과 그동안의 밀린 이자를 돌려받기 전에는 결코 미진이을 포기할 수 없다며 오금을 박는다. 미진이 손끝 하나라도 건들었다간 당신을 가만두지 않을 거야! 김 기사는 반사적으로 소리를 지른다.

잠시 졸았던 모양이다. 깨진 거울 속 어딘가에서 낯선 사내가 금방이라도 걸어 나올 것만 같다. 등줄기 사이로 식은땀이 흐르고 눈이 침침하다. 낯선 사내의 방문 이후, 아내는 한동안 의식을 회복하지 못했다. CT촬영 결과 뇌진탕이었다. 담당 의사는 아내가 영영 깨어나지 못할 수도 있다고 했다. 필름 판독 결과 우측 대뇌에 머리카락 굵기만 한 미세한 금이 나 있었다. 아내가 숨을 쉴 때마다 미세한 금 사이로 삶과 죽음이 넘나드는 것 같았다. 한편으로 아내의 공활한 동공은 끊임없이 어두운 상상을 부채질했다. 한 번 새끼를 치기 시작한 생각의 크랙은 좀체 그 간격이 좁혀지지 않았다.

강을 따라 버드나무가 늘어선 언덕 위에 예쁜 집을 짓고 싶어요. 해가 지는 시간이면 붉게 물든 강물을 바라보며 아이와 함께 피아노를 치고 싶어요.

김 기사는 피아노를 배우러 다니기 시작한지 얼마 안 돼 미진에게 꿈이 무엇이냐고 물었던 적이 있다. 뜨악하게 이편을 바라보던 그녀의 눈빛이 잠시 흔들렸다. 김 기사는 미진의 눈빛에서 순간 벽면에 부착된 베토벤의 브로마이드를 보는 것 같은 쓸쓸함을 느꼈다. 그녀의 삶 뒤로 스쳐 지나갔을 미세한 크랙들이 눈앞에 펼쳐지는 듯 했다.

실내 공기가 건조한 탓인지 목이 바싹 타는 느낌이다. 물이라도 한 잔 마셨으면 싶다. 김 기사는 쇼파에서 일어나 주방 쪽을 기웃거린다. 아무도 없는 빈집이라 움직이는 게 여간 신경이 쓰이지 않는다. 물론 지금까지 안전진단을 하면서 이런 경우가 적지 않았다. 믿고 일을 맡기는 사람들은 알아서들 자리를 피해 주지만 그렇지 않은 사람들은 시시콜콜한 것까지 확인할 정도로 극성스러웠다. 가진 게 집 한 채가 전부인 사람일수록 깐깐하고 꼼꼼했다. 도대체 여자는 어떤 사람일까, 김 기사는 자꾸만 의문이 든다. 식탁에 놓인 물병을 물끄러미 바라보다 말고 불현듯 어제 여자의 컴퓨터에서 읽었던 글의 첫 문장이 떠오른다. '내 생의 줄타기는 그 남자를 만나면서 시작되었다……' 김 기사는 물을 따라 마시고는 자신도 모르게 컴퓨터가 있는 방으로 발걸음을 옮긴다. 한 번 호기심이 일자 바람을 탄 산불만큼이나 강렬해진다. 김 기사는 공구함을 바닥

에 내려놓고 컴퓨터를 켠다. 본체가 작동하는 특유의 소음이
이내 방 안에 퍼진다.

　…… 비정규교수라는 직함은 그에게 계륵과도 같은 것
이었는지 모른다. 취할 수도 버릴 수도 없는 어정쩡한 자격
증과도 같은 것이었다. 한마디로 그는 교수 아닌 교수였고
교수가 될 수 없는 교수였다. 흔히 사람들이 보따리장수라
고 말하는 시간강사였다.

　내가 그를 처음 본 건 법학개론 수업시간 때였다. 사회생
활을 하다 서른셋이라는 뒤늦은 나이에 대학에 입학한 나는
모든 것이 낯설고 어설펐다. 흡사 맞지 않는 외투를 입고 있
는 것처럼 불편했다. 그는 강의 첫시간부터 자신을 유령이
라고 소개를 했다. 나는 그 말에 왈칵 울음이 쏟아질 뻔했
다. 그건 내가 공장에서 수시로 듣던, 아니 스스로를 자책할
때마다 내뱉던 말이었다. 나는 실체가 없는 보이지 않는 유
령과도 같은 존재였다. 사장은 나 같은 공순이는 안중에도
없었다. 한낱 미싱의 부속품으로 취급을 했다. 쓸모가 없다
고 판단될 때는 언제고 폐기처분할 거라고 입버릇처럼 말했
다…. 그도 유령과 같은 존재였구나. 그는 교수가 아닌 시간
강사라 캠퍼스에서 누구도 자신의 존재를 인정해 주지 않는
다고 했다. 시급으로 수당을 받으면서도 캠퍼스를 떠날 수

없었던 건 언젠가는 교수에 임용이 될 지도 모른다는 막연한 기대 때문인 듯했다. 그렇게 박사학위를 받고 십여 년 가까이 그는 보따리장수를 했다고 한다. 그러나 그에게 남은 건 빚과 피폐함뿐이었다. 결혼은 꿈도 꿀 수도 없는 사치 그 이상도 이하도 아니었다. 그가 공부했던 법은 실생활에서는 아무런 부당과 위법을 해결해 주지 못했다. 법은 법전 안에서나 존재하지 세상 어디에도 없었다. 그리고 보면 법도 유령이나 매한가지였는지 모른다.

그런데 어느 날부턴가 그가 남자로 보이기 시작했다. 어쩌면 나는 그를 나와 같은 존재로 동일시했는지 모른다. 자연스러운 만남이 이어졌고 얼마 후 우리는 연인 관계로 발전이 되었다. 내가 결코 유령이 아니라는 그 또한 자신이 유령이 아니라는 사실을 몸과 마음으로 느꼈었다. "난 말이야, 언제고 감나무가 심어진 작은 집에서 살고 싶어. 가을에 빨갛게 익은 감을 쳐다보고 있으면 뭔가 위로를 받고 있다는 느낌이 들거든. 그리고 붉은 감이 환한 등이 되어 누군가를 밝혀 주고 있다는 생각도 들고." 그는 내 벗은 몸 위에서 늘 그렇게 중얼거리듯 말했다. 나는 그의 말을 들을 때마다 머리를 꼭 껴안아 주곤 했다. 그가 너무도 갖고 싶은 내 아들 같다는 착각이 들었다.

그러나 우리의 행복은 오래가지 못했다. 불행은 늘 질투

라는 흉기를 들고 예고 없이 찾아오는 법이었다. 비정규교
수노조를 만들기 위해 그가 대학 본부에 서류를 접수하고
오는 날 의문의 뺑소니 사고를 당했고 그는 현장에서 유령
이 되고 말았다. 믿어지지 않는 아니 결코 믿을 수 없는 일
이 일어나고 만 것이었다. 나는 꿈을 꾸고 있다는 착각에 사
로잡혔다. 미싱바늘이 손가락을 뚫고 지나갈 때도 이렇게
아프지는 않았었다. 마치 커다란 바늘이 머리끝에서 발끝까
지 통과해 들어가는 통증이 일었다. 그렇게 그가 떠나고 난
후 나는 며칠을 죽은 듯이 앓아누워 있었다.

그러다 문득 감나무가 심어진 작은 집에서 살고 싶다는
그의 말이 뇌리를 파고들었다. 나는 반사적으로 자리를 털
고 일어났다. 감나무가 심어진 작은 집을 갖고 싶다던 그의
꿈을 이루게 해 주고 싶었다. 원룸 월세를 전전하며 시간강
사를 했던 그는 늘 자신만의 집을 갖고 싶어 했다. 나는 몇
날 며칠 발품을 팔아 교외 인근에 작은 주택을 구입했다. 작
은 감나무가 심어진 아담한 집이었다. 공장생활을 하면서
번 돈을 탈탈 털고 모자란 돈은 대출을 받았다. 때마침 늦가
을 역광을 받아 붉은 홍시는 환한 등을 켠 것처럼 주위를 불
그스름하게 물들였다….

갑자기 밖에서 인기척 소리가 난다. 잠시 밖에 나갔다 온다

던 여자가 온 모양이다. 김 기사는 서둘러 컴퓨터 전원 스위치를 끄고는 공구함에서 안전진단 기구를 꺼내 든다. 외부와 달리 실내엔 거의 크랙이 보이지 않는다. 수납장 뒤로 머리카락 굵기의 실금이 보이지만 수치를 측정할 정도는 아니다.

현관문이 열리고 차임벨 소리와 함께 여자가 안으로 들어선다. 동시에 땅을 파는 굴삭기 특유의 소음도 딸려 온다. 여자의 얼굴은 여전히 차갑고 무표정하다. 김 기사는 안전진단 결과를 기록지에 기입하는 동안 여자가 무슨 말을 할지 궁금해진다.

"애당초 소음이나 일조권에 대한 보상은 바라지도 않았어요. 단지 이곳에서 오래 살고 싶었을 뿐이에요. 이 집엔 그이와의 추억이 구석구석 배어 있거든요…."

여자는 뭔가를 결심한 듯한 표정을 짓는다. 아마 건설사에 집을 매도하기로 마음을 먹은 게 아닌지 싶다. 김 기사는 그 마음을 이해한다는 뜻으로 두어 번 고개를 끄덕인다.

"내부엔 이렇다 할 이상이 없네요. 이제 가옥의 기울기와 지반침하 여부를 진단하면 되는데 그것도 육안으로 보기에 크게 걱정할 정도는 아닌 것 같구요."

"이제 안 해도 됩니다…."

"……."

김 기사는 조금 놀란 표정으로 여자를 쳐다본다. 그러나 여자는 더 이상 말이 없다. 아마도 건설사를 상대로 싸움을 한다는 게 쉽지 않은 일이라는 걸 절감했는지 모른다.

김 기사는 공구함을 챙겨들고 현관 밖으로 나온다. 때마침 토사를 가득 실은 트럭이 거친 엔진 소리를 토해 내며 지나간다. 붉은 속살이 드러난 절개지 위로 흙탕물이 흘러내린다. 금방이라도 절개지 속으로 트럭이 파묻혀 버릴 것처럼 위태로워 보인다. 공기 단축하는 것에만 신경을 쓰느라 공사장 안전은 뒷전인 모양이다. 자칫하면 대형사고로 이어지지 않을까 김 기사는 내심 걱정이 된다. 요즘 들어 부쩍 이쪽 일에 대해 회의가 들 때가 있다. 작년에 절친한 동료였던 최 기사가 추락사를 당한 이후로는 안전진단이라는 말만 들어도 정나미가 떨어진다. 현장 사람들은 그날의 사고를 개만도 못한 죽음이라고들 했다. 업주가 산재보험에도 가입하지 않은데다가 사고 원인이 규정을 제대로 준수하지 않았다는 쪽으로 결론이 나는 바람에 보상금은 턱없이 적은 액수가 나왔다. 이제 갓 서른을 넘은 와이프와 젖을 뗀 지 세 달밖에 지나지 않은 아들이 눈에 밟혀 어떻게 먼 길을 떠났을지 최 기사를 생각하면 지금도 가슴이 아려 온다.

크르릉. 크르릉. 갑자기 땅이 흔들리며 먼지가 부스스 일어난다. 대문 밖으로 나오자 눈앞에 예상치 못한 광경이 펼쳐지고 있다. 커다란 굴삭기가 여자의 집 담장을 사정없이 허물고 있는 게 아닌가. 김 기사는 두 손으로 눈을 비비며 눈앞의 상황을 가늠하려 애쓴다. 다행히 감나무 주위로 보호대를 설치해 가지가 상할 염려는 없을 것 같다. 어느새 여자가 밖으로 나와 굴삭기가 담장을 허무는 장면을 깊은 눈으로 바라보고 있다.

"담장 앞으로 아파트 화단이 들어설 예정이라고 해서요… 이왕 이렇게 된 것 차라리 담을 터주는 쪽이 감나무 아래 잠들어 있는 남편을 위하는 일일 것 같아서요."

묻지도 않은 말을 여자가 건넨다. 김 기사는 한동안 멍한 상태로 그 자리에 붙박히고 만다. 짐작컨대 여자는 화장을 한 남편의 유해를 감나무 아래에 묻어 준 모양이다. 김 기사는 컴퓨터에서 읽었던 글의 내용을 이제야 조금 이해할 것 같다. 개발 차익을 얻으려고 건설사와 감정싸움을 하고 있는 것이라고 생각을 했는데….

김 기사는 모든 걸 건설사 편에서 생각했던 자신이 부끄럽게 생각된다. 커다란 크랙으로 뒤덮인 부실한 담장을 고수하는 것보다 허물어 버리고 정원을 갖는 편이 낫다고 생각한 것 같다. '인 더 하우스'라고 글의 제목을 붙인 여자의 마음을 조금은 이해할 것도 같다. 여자는 집을 어떻게 할 것인지에 대해서는 말하지 않는다.

불어오는 바람에 전단지가 펄럭인다. 타블로이드판의 화려한 조감도가 눈에 들어온다. 전매 가능. 시세 차익 최대 보장. 계약 마감 임박. 꿈의 언덕 아파트가 당신의 삶을 한 단계 업그레이드해 드립니다. 조감도 속의 새들의 부리에서는 연신 꿈같은 말들이 흩날린다. 아니 새들이 꿈같은 세상을 노래하고 있다. 타다다다. 바위를 깨는 굴착기의 소리가 다시 이어진다. 소음은 마치 광고 속 새들의 부리에서 흩어지는 것 같은 착각을 불러일으킨다. 그러나 어느 순간 새들의 재잘거림은 기분 나쁜 매미 울음소리로 바뀌어 버린다. 아니 고양이의 울음소리로 바뀌어 버린다.

일주일여 만에 가까스로 의식을 회복한 아내는 한동안 실어증 증세를 보였었다. 머리에 남은 가느다란 실금은 아내의 삶에 지울 수 없는 커다란 크랙이 되어 버린 듯했다. 그날 이후 액정화면 속의 사내는 수시로 전화를 걸어와 빚 독촉을 했고 아내는 점점 말문을 닫았다.

사람과 사람 사이에는 섬이 있다고 하잖아. … 우리 사이에도 뭔가 보이지 않는 틈이 있는 것 같아. 무엇으로도 메울 수 없는 크랙 같은 것 말이야.

얼마 전 눈발이 흩날리는 법원 뒷길을 걸어 나오며 아내는 속삭이듯 말했다. 김 기사는 아내의 말에 아무런 대꾸도 하지 않고 멍하니 하늘만 바라보았다. 저만치 앞서 걷던 그녀가 갑자기 반대편 차선으로 달리던 택시를 불러 세웠다. 노란색 중

형택시가 '정오'라는 카페 입구에 멈췄다. 카페 창가에 앉아 있던 남녀가 창밖으로 뜨악한 눈길로 밖을 바라보았다. 그녀는 종종걸음으로 서둘러 택시에 올랐다. 택시가 떠나고 난 자리에는 나뭇잎 모양의 스키드 마크가 선명하게 찍혀 있었다. 도로 위에 새겨진 미세한 틈이었다. 김 기사는 줄달음을 치듯 사라져 버린 택시의 뒷모습을 물끄러미 바라보며 한동안 그 자리에 서 있었다. 노란색 범퍼의 잔상이 아내의 병약해 보이는 흰 얼굴과 겹쳐 떠올랐다. 마지막 학기 등록금이 없어 사채를 썼던 게 두고두고 후회가 된다던 아내의 말이 자꾸만 귓가를 맴돌았다.

이야옹. 이야옹. 잠잠하던 고양이의 울음소리가 다시 허공을 타고 밀려온다. 절개지 너머 아직 이장을 하지 못한 몇 기의 무덤이 보인다. 집을 빼앗긴 영혼들은 이승과 저승의 아슬아슬한 경계를 떠돌고 있을 것 같다. 이따금씩 공사장과 이웃한 수풀에서 이름을 알 수 없는 새들의 울음소리가 밀려온다.

목의 통증이 시작되는지 머리가 지끈거리고 열이 난다. 아무래도 더 이상 수술을 미뤄서는 안 될 것 같다. 차에 올라 시동을 걸기 무섭게 비가 세차게 들이치기 시작한다. 보닛 위로 떨어지는 빗소리가 콩 볶는 소리처럼 요란하다. 거리는 미등을 켠 자동차의 행렬과 오색의 네온으로 화려하게 피어난다. 김 기사는 갑자기 차창을 내려 얼굴 위로 흩날리는 빗물의 차가운 느낌을 만끽하고 싶어진다.

　병원에 도착하자 언제인가 싶게 빗줄기는 잦아 있다. 접수를 하고 대기를 하는 동안 김 기사는 창가에 앉아 밖의 풍경을 감상한다. 건너편의 대리석 빌딩 하단부에 미세하게 드러난 크랙이 눈에 들어온다. 그리고 그 틈새로 뿌리를 내린 이름 모를 풀도 보인다. 불어오는 바람에 여린 잎사귀가 뒤친다. 풀은 비바람에도 꺾이지 않고 콘크리트 바닥 위에 뿌리를 내렸던 모양이다. 새들이 메마른 가지 위에 둥지를 틀 듯 그렇게 시간을 견디면서 말이다. 김 기사의 입에서 자신도 모르게 잎새, 라는 말이 튀어나온다.

　김 기사는 차 시동을 걸어, 잎새 피아노 학원 방향으로 핸들을 꺾는다. 왠지 그곳에 아내가 있을 것만 같다. 크고 작은 크랙이 온통 벽면을 뒤덮은 그곳에 그녀가 잎사귀처럼 바람에 흔들리고 있을 것 같다. 김 기사는 깊이 숨을 들이마셨다 내뱉는다. 뇌리를 타고 전해 오는 심장의 박동 소리가 피아노의 선율처럼 아련하게 들려온다.

스노우 드롭

"빨리 끝내야 해요. 그리고 만약 작업이 늦어지면 모델료를 두 배로 준다는 약속도 꼭 지켜야 하구요."

여자는 미영에게 다짐하듯 말을 건넨다. 여자의 얼굴이 금세 단호한 표정으로 바뀐다. 미영은 말없이 고개를 끄덕인다. 분장대 위에는 48색 세트와 12색 세트가 펼쳐져 있다. 반짝이 물감과 인조 보석, 형광 스프레이도 보인다. 분장대는 흡사 작은 꽃밭을 옮겨 놓은 듯 화사하다. 미영은 팔레트를 펼쳐 몇 가지 기본색을 개어 놓는다.

안방에서 외할머니의 기침 소리가 들린다. 미영은 그것이 마른 낙엽의 바스러지는 소리를 닮았다고 생각한다. 한 번 터지기 시작한 기침은 몇 번의 사레가 들린 다음에야 끝이 날 것이다. 잠에서 깬 할머니는 먼저 요강에 일을 볼 것이다. 요즘 들어 부쩍 치매증세가 심해지는 것 같아 미영은 마음이 무거워진다. 미영은 잠시 들었던 붓을 놓고는 안방으로 향한다. 포즈를 취하고 있던 여자가 얼굴을 찡그린다. 안방에선 노인 특유의 냄새가 난다. 오래 묵은 댓진 내 같다.

"소변을 보고 나면 꼭 뚜껑을 덮으라고 했잖아. 왜 항상 잊어?"

미영은 뚜껑을 덮으며 할머니를 향해 목소리를 높인다. 놀란 듯 자신을 쳐다보는 할머니의 눈에 뭔가 알 수 없는 증오가 감돈다. 먹잇감을 노려보는 짐승의 눈빛과 흡사하다.

할머니의 치매증세가 나타난 건 올 봄부터다. 갑자기 밥을 먹다가 "이 웬수 놈의 영감탱이야. 무슨 낯짝으로 이곳에 왔어?"라고 소리를 지르더니 갑자기 들고 있던 숟가락을 팽개쳤다. 미영은 예상치 못한 할머니의 행동에 놀라 그만 국그릇을 엎어버리고 말았다. 언젠가는 이런 날이 오리라고 생각을 못한 건 아니지만 너무도 뜻밖에 찾아온 외할머니의 치매는 이내 미영의 일상을 헝클어 버렸다.

다른 사람은 몰라도 할머니에게만큼은 영혼을 갉아먹는다는 그 무서운 병이 찾아들 거라고 생각하지 않았다. 치매는 낯선 손님처럼, 아니 아주 먼 친척의 방문처럼 그렇게 예고 없이 들이닥쳤다. 그날 이후 할머니는 현실과 망각의 경계를 수시로 넘나들었다. 어느 땐 할머니가 이제 그만 삶의 끈을 놓아버렸으면 싶은 생각도 들었다. 더 이상 무슨 미련이 남아 저렇

듯 악착같이 삶의 끈을 붙잡고 있는 것인지.

할머니는 어느새 유순한 어린이로 돌아와 있다. 하품을 하더니 두 손을 귀에 대고 다시 자고 싶다는 흉내를 낸다. 미영은 대강 할머니의 이부자리를 봐주고는 보일러 타이머를 누른다. 여자는 방바닥에 누운 자세로 담배를 피우고 있다. 거푸 시계를 쳐다보고 있는 것이 어서 빨리 시간이 흐르기만을 기다리고 있는 눈치다.

미영은 사람의 몸에 그림을 그린다. 흔히 말하는 보디페인팅 화가다. 그러나 이 일은 어디까지나 취미 삼아 부업으로 하는 것일 뿐, 진짜 직업은 병원 간호사다. 비번인 날을 잡아 이렇게 그림을 그린다. 보디페인팅을 시작한 이후 미영에겐 이상한 버릇이 생겼다. 사람을 볼 때마다 습관적으로 그 사람의 몸은 어떤 화폭이 어울리는지 상상을 하는 것이다. 쭈글쭈글한 노인의 피부도, 중년 여자의 축 늘어진 뱃가죽도, 처녀의 우윳빛 살결도, 그들의 생김새만큼이나 저마다 특성을 지닌 훌륭한 캔버스가 된다. 보디페인팅을 하면서 가장 어려운 것은 모델을 구하는 일이다. 어렵사리 컨셉에 맞는, 피부와 체형을 지닌 사람을 만났다 해도 막상 옷을 벗어야 하는 상황에선 고개를 젓기 일쑤였다. 그나마 여자 모델은 그런 대로 이해를 해 주는 편이다. 남자인 경우에는 사정이 다르다. 섭외하기도 힘들지만, 자신의 몸이 화폭이 된다는 사실을 선뜻 이해하지 못한다. 그림을 생각하는 것이 아니라 몸을 먼저 떠올리기 때문이다.

미영은 여자의 어깨 위로 서서히 붓을 움직인다. 대상의 윤곽을 그리기에 앞서 먼저 바탕색을 칠하는 것이다. 여자의 몸은 꽃이나 나무, 소담스런 풍경화를 담아내기에 적절하다. 은은한 회색이 등의 원만한 굴곡을 타고 허리께로 번진다. 그레이는 봄이 오기 직전의 들녘을 표현하는 데 가장 좋은 색이다. 여자는 자신의 몸 위에 덧칠해질 그림이 무엇인지에 대해선 관심이 없는 것 같다. 어서 작업이 끝나 모델료를 챙기고 이곳을 나가고 싶은 마음뿐이다.

그림을 그리기 위해선 무엇보다 붓이 중요하다. 30여 종에 달하는 붓은 크든 작든 체모와 같은 느낌을 담고 있어야 한다. 뻣뻣하면서도 부드러운 촉감 말이다. 모든 표정과 음영은 붓 끝에서 나온다. 어떤 모델은 처음 붓이 몸을 스칠 때의 느낌을 잊지 못한다고 한다. 그러나 붓보다 중요한 건 화폭의 결이다. 살결이 푸석하거나, 지방질이 많은 피부는 물감이 잘 먹히질 않는다. 어쩌면 맑고 투명한 피부는 신이 내린 가장 완벽한 화폭일지 모른다.

갑자기 뽀삐 녀석이 창문을 긁어 대며 꼬리를 흔든다. 미영은 잠시 붓질을 멈추고는 창쪽으로 고개를 돌린다. 녀석은 제법 킹킹거리며 목청을 돋운다. 배가 고프다는 뜻인지, 아니면 거실의 낯선 풍경 때문인지 평소 때와는 그 울음의 느낌이 다르다. 며칠 전 병원 근무를 마치고 나오다 골목을 배회하는 녀석을 만났다. 병원에서 그리 멀지 않은 곳에 애완견 센터가 있는데, 혹 그곳에서 잃어버린 개가 아닌가 하는 생각이 들었다. 그러나 잃어버린 애완견이라고 생각하기에는 녀석의 상태가 말이 아니었다. 털은 바스러져 있었고, 피부는 가죽을 덧댄 것처럼 쭈글쭈글했다. 미영이 뽀삐를 집으로 데려온 것은 순전히 떨어지지 않으려고 녀석이 집 앞까지 따라왔기 때문이었다. 그러나 녀석은 밤이면 어미의 품을 그리운지 애처롭게 울곤 했다. 미영은 라면 박스를 오려 집을 만들고, 그 안에 푹신한 옷가지를 넣어 주었다. 그러나 그것이 어미의 품을 대신할 수는 없다는 것은 미영은 누구보다 더 잘 알고 있었다.

포즈를 취하고 있던 여자가 힐끔 베란다로 시선을 던져 뽀삐에게 친근감을 표시한다. 볼품 없는 외모 때문에 짜증을 낼 줄 알았는데 의외다. 어머 귀여워라. 우리 집에 애완견 옷이 하나 있는데 그걸 갖다 줘야겠네.

어느새 둥근 달이 떠 있다. 달빛은 날카로운 창살에 걸려 거실까지 도달하지 못한다. 반대편으로 고개를 돌리자 김헌수 산부인과 건물이 눈에 들어온다. 미영이 간호사로 근무하고 있는 병원이다. 달빛이 비추는 밤이면 병원이라기보다 장례식장 같다는 느낌을 주는 건물이다. 아니 그곳은 장례식장이 더 어울리는 곳이다. 숫제 태어나는 아기보다 산모의 배 속에서 흔적 없이 지워지는 아기의 수가 더 많다. 오늘밤도 몇 명의 아기가 어둠 속으로 사라질 것이다. 시골 출신으로 어렵게 공부를 마친 원장은 전형적인 자수성가형의 사람이다. 그는 능력 있는 아내를 만나 병원 건물을 올렸다는 사실에 일말의 콤플렉스를 지니고 있다.

불빛에 여자의 귀걸이가 반짝인다. 눈이 부실 만큼 아름답다. 사실 미영이 여자에게 보디페인팅 모델을 제안했던 건 순전히 그 귀걸이 때문이다. 며칠 전 산부인과에 진료를 왔던 여자는 스노우 드롭 모양의 귀걸이를 달고 있었다. 접수를 하던 여자의 어두운 안색과는 달리, 귀에 걸린 작지만 화려한 장신구가 눈길을 끌었다. 스노우 드롭. 만물이 깨어나기 전에 먼저 핀다는 꽃. 여자의 흰 피부와 조금은 쓸쓸해 보이는 안색이 너무도 잘 어울렸다. 아담과 이브가 에덴 동산에서 쫓겨났을 때 천사가 나타나 곧 봄이 찾아올 터이니 낙심하지 말라고 위로하고는 쏟아져 내리는 눈에 손을 대자, 꽃으로 변했다는 신화 속의 꽃이었다. 스노우 드롭은 유럽에서는 가장 먼저 봄소식을 알려 주기 때문에, 봄의 선구자라고 불린다. 그러나 고독하고 가련한 이 꽃은 뿌리에서부터 상처라는 음울한 빛을 받고 피어나는 운명을 지녀야 했다. 그날 여자의 귓불에 내걸린 스노우 드롭이 자꾸만 미영의 뇌리 속에 눈물처럼 아롱거린다.

강수현. 35세. 인천시 북구 ○○동. 114 안내원. 보호자 없음.

진료카드에 기록된 여자의 신상이었다. 남편을, 아니 남자를 대동하지 않은 것으로 보아 여자는 아직 미혼인 듯싶었다. 아니면 환영받지 못한 사랑을 했는지 모른다. 보호자 없이 혼자 온 여자들은 십중팔구 원치 않는 임신을 한 경우가 대부분이다. 소변검사와 초음파 화면을 통해 임신이 확실하다는 결과가 나왔다. 여자의 표정은 무겁고 어두웠다. 흘러내린 머리카락을 연신 쓸어 올리는 것이 수술을 할 것인지, 말 것인지 고민하는 듯 했다. 섹스를 하는 동안 쾌감의 극치에 이르렀을 때도 지금과 같은 표정이었을까. 원장은 분만 예정일과 주의해야 할 내용들을 알려주고 원한다면 나중에 성별까지 감별해 줄 수 있다며 선심을 쓰듯 말했다. 그리고 언제나 그렇듯 솜사탕처럼 부드러운 미소를 드리운 얼굴로 임신을 축하한다는 인사를 건넸다.

"담배 한 대만 피우고 하죠?"

여자가 구부린 등을 돌린다. 네발 달린 짐승 같은 자세로 오랫동안 있기에는 힘들었을 것이다. 미영 또한 담배를 피웠으면 하는 생각을 하던 참이다. 사실 아무 말도 하지 않고 가만히 있는 사람보다 한두 마디 말을 건네주는 모델이 작업하기에는 편하다. 말이 서너 시간이지 내내 침묵을 지키며 한 자세를 취하고 있기는 어지간한 인내로는 버티기 힘들 것이다. 미영은 더러 작업이 끝날 때까지 입을 꾹 다물고 있는 사람들을 볼 때면 무섭다는 생각이 든다. 그런 사람은 말을 아끼는 것인지, 아니면 말을 잃어버린 것인지 도통 속내를 헤아릴 수 없기 때문이다.

미영은 여자가 담배를 피우는 사이 팔레트에 검정색과 흰색 계열의 물감을 갠다. 튜브에서 새똥 크기만 한 색이 밀려나온다. 정말로 새똥 같다. 매번 물감을 짤 때마다 느끼는 것이지만 정말 생김새가 사람의 배설물과 흡사하다는 점이다. 다른 게 있다면 색깔의 차이 정도다. 미영은 물감을 개고, 습관적으로 안방 쪽으로 눈길을 돌린다. 아무 소리도 나지 않는 것이 할머니가 깊이 잠이 든 모양이다. 꿈속에서나마 할머니는 잃어버린 기억을 찾고 있을까 싶다. 현실에서 놓쳐 버린 시간을 되찾을 수만 있다면 미영은 할머니가 잠에서 깨어나지 못한다 해도 마음이 아프지 않을 것 같다.

얼마 전부터 미영은 할머니가 마시는 물에 수면제를 타기 시작했다. 치매증세가 점점 더 악화되자 마지못해 그런 결정을 하게 된 거였다. 그렇게라도 하지 않으면 병원 근무는 고사하고 당장에 아무 일도 할 수 없었다. 비번인 날은 그나마 괜찮지만 당직이라도 서는 날은 아예 일을 포기해야 했다. 시간이 지날수록 물에 타는 수면제의 양이 늘어나고 있다.

한때는 학처럼 곱다는 말을 듣던 할머니였다. 일흔이 넘은 노인이라고 보기에는 믿기지 않을 정도로 피부도 탱탱했고 기력도 좋았다. 함께 목욕탕에 갈 때면 사람들이 미영이더러 엄마를 참 많이 닮았다는 말을 하곤 했다. 미영이 보기에도 같은 연배의 노인들보다 할머니는 훨씬 정정했다. 그러던 할머니에게 난데없이 그 영혼의 불치병이 찾아온 것이다. 다른 사람은 몰라도 할머니만큼은 그 망각의 강에 빠질 것이라고는 생각하지 못했다. 당신 말대로 망각의 강에 빠지기에는 살아온 세월이 너무도 신산했기 때문이다.

할머니는 지금 어디쯤 그 강을 건너고 있을까. 차라리 먼지를 털 듯 툭툭 미련을 모두 버리고 홀연히 떠날 수는 없는 것일까.

할머니가 차츰 기억을 잃어버리기 시작한 건 외할아버지가 돌아가시고 난 뒤부터였다. 마치 그때를 기다리고 있었다는 듯 치매 증세가 나타났다. 구십에서 세 살 모자란 여든일곱이라는 나이에 노환으로 돌아가신 외할아버지는 살아 생전 타고난 한량이었다. 젊은 시절엔 유랑극단을 따라 전국을 떠돌기도 했고, 한때는 광산업을 한다는 핑계로 몇 년씩 밖으로 나돌았던 적도 있었다. 할아버지에게 외할머니는 작은 마누라였다. 처녀 시절, 할머니는 재취 자리라는 것도 모르고 열다섯이나 차이가 나는 할아버지와 살림을 차렸다. 당연히 큰할머니네 가족으로부터 하루가 멀다 하고 머리끄덩이를 쥐어 뜯기는 수모를 당해야 했다. 할머니의 유일한 딸인, 엄마가 태어난 후로는 정도가 심해 결국 그곳을 나오지 않으면 안 되었다.

"무슨 이유로 사람 몸에 그림을 그리죠?"

비스듬히 기운 자세로 담배를 피우던 여자가 불쑥 말을 건넨다. 작업을 할 때면 늘 이런 질문을 하는 사람들이 있다. 그런 때를 대비해 미영은 어렸을 때부터 그림 그리는 것을 좋아해 화가가 꿈이었지만, 먹고사는 데 쫓긴 나머지 이제야 취미로 하고 있다는 말을 해 준다. 물론 하고많은 그림 중에 왜 하필 보디페인팅이냐는 물음에는 사람 몸은 그 무엇보다도 아름다운 화폭이기 때문이라고 그럴듯한 이유를 대기도 한다.

"살아 있는 그림을 그릴 수 있기 때문이에요."

"무슨 말인지 도통 모르겠네요…."

여자는 더 이상 묻지 않는다. 허공으로 연기를 뱉어 도너츠를 만들더니 이내 담뱃불을 끄고는 다시 자세를 잡는다. 작업을 하는 동안에는 되도록 담배를 피우지 않았으면 싶은데, 차마 말을 하지 못한다. 이편에서 부탁한 일이라 아무래도 상대편의 눈치를 보는 것은 미영 쪽이다.

미영은 정작 보디페인팅을 하게 된 계기에 대해선 말하지 않았다. 아니 지금껏 누구에게도 그 계기에 대해선 말하지 못했다. 만약 여자가 살아 있는 그림이 무슨 뜻이죠, 라는 말을 되물어 왔다면 못 이긴 척 말해주었을지도 모른다. 스물셋의 나이에 허락 받지 못한 사랑을 한 이유로 자살을 해야 했던 엄마를 기억하기 위해서라고. 가정이 있는 남자를 만나 이루어질 수 없는 사랑을 했던 엄마는 화가지망생이었다고 말이다. 입안에서 맴도는 말이 밖으로 튀어나올 것만 같아 자꾸만 침을 삼킨다. 미영은 다시 팔레트에 검정색 물감을 갠다.

여자의 등부터 허리까지 거지반 회색의 바탕색이 칠해진 상태다. 이제부터는 몸 앞쪽에 바탕색을 칠할 차례다. 여자가 몸을 돌리자 하현 같은 가슴이 드러난다. 여자의 얼굴, 그리고 전체적인 체형과 너무도 잘 어울리는 가슴이다. 같은 여자로서 모델의 풍만한 가슴을 보는 건 적잖은 즐거움이다. 처음 보디페인팅을 시작했을 때에는 은근히 모델의 몸매에 질투를 느끼기도 했다. 무엇보다 그들의 고운 선과 볼륨 있는 몸에 주눅이 들었다. 난 왜 저들과 같은 몸을 물려받지 못했을까. 하지만 언제부턴가 미영은 여자들의 완벽한 몸 이면에 무수히 많은 상처가 있다는 것을 알게 되었다. 그 후로는 붓끝에 닿는 흉터가 흡사 날 선 악기의 현처럼 팽팽한 느낌으로 다가오곤 했다.

"그 자식이 새긴 거예요."

사타구니를 향해 붓질을 해 갈 즈음 여자가 무심코 뱉은 말이다. 네? 미영이 반문하듯 묻지만 여자는 더 이상 말을 하지 않는다. 이럴 땐 그냥 침묵을 지키는 게 상책이다. 이편에서 뭔가 반응을 보이면 정작 하고자 했던 말을 삼켜 버리는 사람이 더러 있다. 미영은 아무 일도 없었다는 듯 다시 붓질을 시작한다. 바탕색을 칠할 때는 보이지 않던 작은 흉터가 보인다. 흉터는 전화기의 # 버튼 모양과 흡사하다. 사타구니 안쪽에서 성기를 향해 또록하게 남아 있는 그것은 마치 작은 개미들이 일렬로 줄을 지어 기어가는 듯한 모습이다. 초록의 염료가 스미지 않은 걸로 봐선 문신은 아닌 것 같다. 은밀한 곳에 그런 흉터가 박혀 있을 줄이야. 언젠가 가을이라는 제목으로 작업을 했던 모델의 그곳에는 벼랑 같은 파도가 새겨져 있던 것이 기억난다.

여자가 두 번째 병원을 찾았을 때, 미영은 점심식사 후 카푸치노를 마시던 중이었다. 점심나절은 간단한 진료나 수술을 받기 위해 들르는 직장인들이 많아 오히려 더 바쁘다. 커피를 마시다 말고 미영은 막 진료실에서 남편의 부축을 받으며 나오는 배부른 임산부를 쳐다보며 흥부네 박을 연상하고 있었다. 스노우 드롭 귀걸이를 한 여자가 병원으로 들어선 건 그때였다. 며칠 전과 마찬가지로 여자는 혼자였고, 표정 또한 어두웠다. 미영은 그녀가 틀림없이 수술 때문에 왔다는 것을 짐작할 수 있었다. 어쩌면 임신 사실을 확인한 첫날 이미 마음의 결정을 내렸을지 모른다. 그녀의 남자가 아이를 지우라고 강요를 했을 수도 있다. 예상했던 대로 원장은 수술 준비를 지시했다. 강수현. 35세. 보호자 없음. 미영은 그녀의 신상명세를 떠올렸다. 유독 여자의 신상명세서가 기억에 남았던 것은 자신과 같은 삼십 대 중반이라는 나이뿐 아니라 여자가 자신은 114 안내원이어서 곧 근무를 교대하러 가야 한다고 말한 때문이었다.

미영에게 114 안내원이라는 직업은 별로 유쾌하지 않는 기억으로 남아 있다. 대학에 진학하고 방과 후 아르바이트로 114 안내원을 했었다. 미영은 세상에는 전화번호를 잊어버리거나 자신의 번호를 감추고 싶어 하는 사람들이 의외로 많다는 것을 알았다. 헤드셋을 쓰고 모니터 앞에 앉아 낯선 번호를 입력하면서 미영은 매일처럼 어디론가 사라지는 꿈을 꾸었다. 밤이면 푸른색의 공중전화 부스가 죽음의 관으로 변해 버리는 악몽을 꾸기도 했다.

복도를 따라 수술실로 향하는 동안 미영은 망설였다. 보디페인팅 모델 제의를 한다면 그녀가 어떤 반응을 보일까.

혹 보디페인팅 모델을 할 의향 없으세요? 제가 수술비를 드릴게요. 수술실 바로 앞에서 미영은 최대한 부드러운 투로 말을 꺼냈다. 눈을 치켜뜨고 미영을 쳐다보는 것이 자신을 제정신이 아닌 사람으로 생각하는 듯했다. 아니 보디페인팅이 무엇인지도 모르는 표정 같기도 했다. 미영은 굳어지는 여자의 얼굴을 보며 얼른 미소를 지었다.

"그냥 그림을 그리는 거예요. 뭐랄까, 몸을 도화지라 생각하고 그 위에다 색을 칠하는 거죠."

저편 복도 언저리에 설치된 수족관을 한 번 쳐다보더니 여자는 의외로 쉽게 말문을 열었다.

"정말 수술비를 준다는 말인가요?"

여자의 말속에는 이미 승낙의 의사가 깃들어 있었다. 미영이 재차 수술비만큼 돈을 주겠다고 하자, 여자는 비로소 고개를 끄덕였다.

모델을 하겠다고 나서는 사람이 없어 몇 달째 작업을 하지 못했던 터였다. 사람들의 귀에는 다른 이야기는 바람처럼 흩어져 버리고 오직 옷 한 번 벗어 달라는 소리만 들리는 모양이었다. 들어줄 것처럼 하다가 막판에 등을 돌려 버리는 사람들은 십중팔구 위험한 상상을 한다고 볼 수 있었다. 별수 없이 한동안 미영은 자신의 몸을 화폭 삼아 그림을 그렸다. 그러나 거울을 보며 그리는 작업은 필사를 하는 것 이상의 의미가 없었다.

요즘 여자들은 정조 관념이라곤 하나도 없어. 미스 김, 방금 수술 끝난 환자 혹시 술집 여자 같다는 생각 안 들어? 사타구니에 새겨진 무늬라니.

수술을 마치고 나오면서 원장은 어이가 없는지 웃음을 흘렸다. 그 웃음이 무엇을 의미하는지 미영은 짐작할 수 있다. 임산부를 마주하며 진료를 할 때와는 전혀 다른 낯으로 변해 버리는 사람이 그였다. 사실 미영이 처음 그를 만난 곳이 술집이었다. 114 안내원을 두 달만에 그만둔 건 비단 공중전화 부스에 갇히는 악몽 때문만이 아니었다. 무턱대고 욕을 퍼붓고 전화를 끊어 버리거나, 나와 있지도 않은 번호를 알려달라고 생떼를 쓰는 사람들로 인내의 한계를 느껴야 했다. 결국 일을 시작한지 두 달만에 작파를 하고 말았다.

생활정보지에 난 파격적인 광고에 이끌려 술집에 발을 들인 것은 그즈음이었다. 후(WHO). 그곳에서 그를 처음 만났다. 정확히 말하자면 그가 미영의 첫 손님이었다.

아가씨, 그 귀걸이 참 멋있네. 스노우 드롭 맞지?

그가 미영에게 던진 첫마디였다. 흰 눈꽃 모양의 디자인이 맘에 들어 길거리 소매상에서 샀던 귀걸이었다.

북유럽에서 봄이 오기 전 가장 먼저 핀다는 꽃이야. 아가씨 분위기와 잘 어울린다.

그의 눈빛은 눈꽃처럼 맑고 투명했다. 마치 스노우 드롭이 그의 눈 속에 박혀 있는 것 같은 착각이 들었다. 그는 의대를 졸업하고 선배가 원장으로 있는 병원에서 수련의로 근무하는 중이라고 했다. 그날 밤 그는 공공연히 이뤄지는 낙태에 대해 분개를 했고, 그걸 알면서도 그렇게 하지 않으면 안 되는 자신의 처지에 대해서도 자책을 했다. 미영은 순수하면서도 따뜻한 그의 몸에 그림을 그리고 싶다는 생각을 했다.

"그 인간이 영원한 사랑의 징표라며 새긴 거예요."

내내 침묵을 지키던 여자가 다시금 곱씹듯이 말을 한다. 그리고는 길게 하품을 한다.

"근데 왜 하필……."

미영이 반문하듯 묻는다.

"하고 많은 징표 중에 왜 샵 버튼이냐구요?"

"……."

"전화기에서 샵 버튼은 다시 처음으로 돌아간다는 의미가 있잖아요. 그처럼 처음과 같은 사랑, 그리고 변치 않는 사랑에 대한 맹세라고 하더군요."

미영은 자신도 모르게 고개를 들어 여자의 얼굴을 쳐다본다. 여자는 해독하지 못할 암호를 받아 든 사람의 표정이다. 처음과 같은 사랑, 변치 않는 사랑이라, 한마디로 우습다.

"그런데 그 인간이 얼마 후에는 감쪽같이 나를 떠나버렸죠. 생각해 보니 자신은 그런 사랑을 할 자신이 없다는 거예요……."

그녀는 허허로운 웃음을 짓는다. 그녀의 말을 듣고 나자 # 무늬가 그렇게 도드라져 보일 수 없다. 미영은 그 위에 회색을 찍어 바른다. 한때는 영원한 사랑에 대한 징표였을 무늬가 회색에 덮이고 만다. 어쩌면 그처럼 목을 매는 쪽이 결국은 갇혀버리는 게 사랑이 아닌지 싶다.

"그런데 지금 뭘 그리고 있는 거예요."

"글쎄요. 눈 내리는 겨울 풍경을 생각하는데……."

그녀는 고개를 끄덕이더니 더 이상 아무 말도 하지 않는다. 막상 겨울 풍경을 그린다는 말을 하고 나자 쓸쓸한 생각이 든다. 사람이란 결국 이 세상이라는 거대한 화폭을 배경 삼아 자신의 그림을 그리는 존재가 아닐까. 그러나 미영은 단 한 번도 자신이 진정으로 원하는 그림을 그리지 못했던 것 같다. 사랑도 마찬가지였다. 지금에 와서 돌이켜 보면 그에 대한 감정은 사랑이라는 감정을 끊임없이 재생한 것에 지나지 않은 것 같다. 그 복사된 감정을 실체인 양 믿으면서 그에게 매달리고 아파해 하고 안타까워 했던 것이다.

그를 만나고 얼마 안 되어, 그가 수련의로 있다는 병원을 찾아갔을 때, 미영이 한 일은 수술대 위에 눕는 것이었다. 개인 병원을 갖기 전까지는 아이를 가질 수 없다는 그의 말을 거절할 수 없었다. 한 생명의 영혼을 죽이는 일이라며 낙태에 대해 자책을 하던 그는 그러나 너무도 태연하게 자신의 아이를 지웠다. 그래, 그를 위해서라면 어쩔 수 없어. 아이는 또 가지면 돼. 중요한 건 그와의 사랑이야. 미영은 그와 사랑을 나누는 상상을 하며 다리를 벌렸다.

창문 가득 어둠이 물들어 있다. 가을꽃이 스러지듯 멀리 도심의 불빛이 환해지는 것이 시간이 제법 흘렀다는 반증이다. 불빛은 유리 조각을 뿌려 놓은 것처럼 반짝인다. 저 불빛을 투명한 유리병에 담아 머리맡에 두고 싶다.

"뽀삐가 배가 고픈 모양이에요. 그런데 원래부터 털이 저렇게 붉은빛이었나요?"

낑낑거리며 창을 긁는 소리에 여자가 베란다 쪽을 바라보며 묻는다.

"털 색깔이 좀 유별나죠."

휘익− 이번엔 미영이 휘파람을 분다. 뽀삐가 또록한 눈망울을 굴리며 귀를 종긋 세운다. 각질이 벗겨진 것처럼 녀석의 몸은 온통 토마토 빛깔을 띠고 있다. 유전적 변이인지, 아니면 병 때문인지 아무튼 녀석의 피부는 한 올의 털도 없다.

여자에게선 수성 물감 특유의 냄새가 난다. 어느새 여자의 몸 위에는 소박한 겨울 풍경이 펼쳐져 있다. 샾 버튼 무늬는 언제인가 싶게 가녀린 그러나 강하면서도 아름다운 눈꽃으로 바뀌어 있다. 그녀의 유두에도 성기 언저리에도 뿌리에서부터 상처라는 음울한 빛을 받고 피어난다는 신화 속의 꽃이 맺혀 있다. 아니 화폭 전체에 스노우 드롭이 피어 있다.

분장대 위에는 작업을 했던 흔적이 어지럽게 널려 있다. 여러 종류의 붓들과 수성물감, 형광스프레이와 철사, 나일론, 꽃과 같은 소품은 흡사 작은 공구 세트를 펼쳐 놓은 듯한 모습을 떠올리게 한다. 스폰지에는 아직도 물감의 얼룩이 선명하다. 한번 집중을 해서 작업이 끝나고 나면 손 하나 까닥하기 싫을 정도로 기진맥진해진다. 마지막으로 미영은 카메라에 화폭을 담는다. 여자는 벽면에 부착되어 있는 커다란 거울에 전신을 비추어 보더니 조금은 신기한 듯 미소를 짓는다. 약속했던 대로 미영은 그녀에게 모델료를 지불한다.

여자가 가고 난 후 미영은 거실을 정리한다. 아직까지 안방에선 아무런 기척도 들리지 않는다. 작업을 하느라 여느 때보다 수면제를 많이 탔던 때문일 것이다. 이제 할머니를 깨우고 저녁을 드시게 할 시간이다.

거실 문을 열었을 때, 미영은 눈앞에 펼쳐진 풍경에 너무 놀라 까무러칠 뻔했다. 방 안에는 결코 상상할 수 없는 일이 벌어지고 있었다. 언제 일어났는지 할머니는 옷을 모두 벗은 채였고, 똥을 온몸에 칠한 상태로 거울을 보며 연신 웃음을 흘리고 있었다. 흡사 화장을 하듯 할머니는 정성스레 똥을 집어 얼굴을 두드리고 있었던 것이다. 역한 냄새가 코를 찔렀다.

"이렇게 이쁘게 분단장을 했는데도 나를 괄시할 거야? 이 영감탱이야."

할머니는 미영을 돌아가신 할아버지로 착각을 하고 있었다.

"이게 무슨 짓이에요?"

미영이 목소리를 높인다. 그러나 할머니는 조금도 놀라지 않는다.

"나도 이렇게 단장을 하면 봄꽃처럼 이쁘단 말야. 이젠 그만 내 청춘을 돌려줘."

한동안의 할머니와의 실갱이가 끝나자 방 안은 얼음 같은 차가운 침묵이 이어진다. 모든 화려함은, 모든 사랑은 어쩌면 할머니의 저 징그럽고도 화려한 분칠과도 같은 것인지 모른다. 흰 스노우 드롭이나, 할머니 몸에 핀 저 봄꽃이나 무엇이 다를까. 꽃처럼 고왔을 할머니의 청춘은 다 어디로 사라져 버렸을까. 미영의 눈에서 왈칵 눈물이 솟는다.

미영은 거실에 앉아 창밖을 바라본다. 한사코 목욕을 하지 않으려는 할머니와 전쟁을 치렀더니 몸이 뻐근하다. 지금쯤 할머니는 꿈속에서 누군가를 만나고 있을지 모른다. 아니 영영 머나먼 강을 건너 버렸을지 모른다.

마취제 때문인지 무릎 위에서 잠든 뽀삐는 거의 미동도 하지 않는다. 얇은 고무가죽을 두른 듯한 붉은 피부는 여전히 생경스럽다. 미영은 팔레트에 물감을 갠다. 뽀삐에게 원래의 털을 입혀주고 싶다. 어느새 창밖엔 눈발이 흩날리기 시작한다. 머잖아 눈꽃이 피어난 자리에서 봄꽃이 기지개를 펼 것이다. 그때쯤이면 한때 영원한 사랑, 변하지 않는 사랑을 믿었던 미영의 가슴에도 그 신화 속의 꽃이 다시 피어날지 모르겠다.

모래 인형

오후 들어 날씨가 돌연 뿌옇게 흐려지기 시작했다. 거대한 회색 휘장이 하늘을 뒤덮어 불과 백여 미터 전방도 분간할 수 없었다. 황사였다. 내몽고의 중앙고원에서 발원한 거대한 모래 덩어리가 서해를 건너와 한반도 전역을 뒤덮은 거였다. 미세한 먼지 입자가 꽃가루처럼 허공을 둥둥 떠다녔다. 금빛으로 물들던 담장의 개나리는 일순간 모래꽃으로 변해 버렸다.

모래 입자는 창틀과 베란다 할 것 없이 틈이 있는 곳이면 스며들었다. 허공에 거대한 모래주머니가 매달려 있어 시시때때로 모래비를 뿌려 대는 것 같았다. 그리고 그것은 그녀의 황량한 가슴에도 쏟아져 내렸다. 깊고 묵직한 공명이 박동 소리보다 더 큰 울림으로 메마른 가슴에서 울려 퍼졌다.

황사는 매복해 있던 적병처럼 소리없이 밀려왔다. 평소보다 일찍 퇴근한 남편에게선 술냄새가 진동했다. 감청색 양복엔 모래 먼지가 뿌옇게 내려앉아 있었다. 남편의 얼굴은 모래 비가 흩날리는 해변가를 장시간 거닐다 온 사람처럼 보였다. 넥타이는 반쯤은 풀어 헤쳐져 있었고, 뒤축이 사라져 버린 구두엔 토사물이 엉겨 있었다. 취할 정도로 술을 마시는 사람이 아니라는 것을 알기에 그녀는 뭔가 남편에게 심상찮은 일이 일어났다는 것을 직감할 수 있었다. 회사에 사직서를 제출했어. 이제 더 이상 조직생활은 하지 않을 거야. 영업소고 뭐고 다 넘겼어. 남편은 무뚝뚝하게 몇 마디 뱉고는 거실에 쓰러져 버렸다.

다음 날 정말 남편은 출근하지 않았다. 술김에 했던 푸념이라 생각하고 있었는데 회사를 그만둘 거라는 말이 사실이었던 모양이었다. 남편은 점심때가 훌쩍 넘어서까지도 일어나지 않았다.

그녀는 몇 번이나 남편을 흔들어 깨웠다. 그러나 남편은 미동도 하지 않았다. 남편은 잠결에 아내의 눈빛이 탐조등의 그것처럼 자신을 훑어보고 있다는 생각을 했는지 무심결에 한쪽으로 몸을 틀어 버렸다. 그리고는 지나가는 말로 짤막하게 몇 마디를 뱉어 냈다. 회사에서 짤렸어. 더 이상 귀찮게 하지 마. 남편은 신경질적으로 이불을 머리 끝까지 끌어올렸다.

모든 게 단정하고 잘 다려진 바지의 재봉선처럼 빈틈이 없던 남편이었다. 처음 남편을 소개받았을 때 그녀는 큰 키에 발

달된 상체를 가진 남편에게 끌렸다. 한 일자로 굳게 다문 입술은 열정으로 타오르는 욕망을 수굿하게 감추고 있는 이름 없는 야생화를 연상케 했다. 신혼 시절, 남편은 밤이면 뜨거운 입김을 품으며 그녀의 몸을 탐했다. 그녀를 품을 때의 단단한 근육질은 알맞게 부풀어 오른 풍선 같은 느낌을 주었다. 잘 다듬어진 조각을 껴안고 있는 듯한 그런 기분이었다. 남편은 초저녁에 일을 치르고도 새벽이면 슬그머니 배 위로 올라오곤 했다. 새벽 잠결에도 그녀는 모른 척 몸을 내어 준 채 남편의 움직임이 끝날 때까지 유순한 신부로 남아 있었다. 이 모든 것이 남편이 자신을 지독하게 사랑하기 때문이라는 사실을 조금도 의심하지 않으면서.

그러나 이젠 모든 것이 바뀌어 버렸다. 남편은 무능력한 실업자였다. 남편은 오후 내내 잠만 잤다. 그녀는 남편이 밀린 잠을 자고 있다기보다는 더 이상 회사에 미련이 없다는 것을 보여 주기 위해 시위를 하고 있는 것이라고 생각했다. 남편은 한쪽 벽으로 몸을 향하고는 미동도 하지 않았다. 반쯤 드러난 흰 어깨는 연애 시절에 보았던 단아하고 윤기가 흐르던 근육질과는 거리가 멀었다. 수액이 말라 생명이 다해 버린 나무의 푸석푸석함이 남편의 상반신을 휘감고 있었다. 방 안 구석구석엔 남편의 몸에서 떨어진 각질로 뿌연 막을 이루었다. 허물을 벗은 뱀의 푸석푸석한 껍질을 빼닮은 듯했다.

그것뿐만이 아니었다. 뒤통수에는 흰 머리카락이 숱을 이루고 있었다. 며칠 전까지만 해도 보이지 않던 흰 머리카락이 가마 주위로 둥그렇게 퍼져 있었다. 마음의 고통은 금방 몸의 변화로 나타나기 마련이라는데 남편은 적지 않은 정신적 중압감에 시달렸던 모양이었다. 남편의 단단하고 굵은 팔뚝에 안겨 행복을 꿈꾸었던 시절이 엊그제 같은데, 그녀는 순간 쓸쓸한 기분이 들었다.

오 년간의 결혼 생활은 밋밋했다. 남편은 생각과 달리 그렇게 살가운 사람은 아니었다. 아이는 생기지 않았고 권태로운 일상은 계속되었다. 녹이 슬어 버린 칼날처럼 감정은 점점 무디어져 갔다. 신혼 때의 애뜻한 감정은 불과 일 년을 넘기지 못해 생활이라는 굴레 속에 묶여 버리고 말았다. 눈빛만 스쳐도 몸이 달던 때의 열정은 사라져 버리고 삭아 버린 고무줄 같은, 탄력 없는 무관심과 무료만이 있을 뿐이었다.

영업소 마감을 해야 하는 월말이면 남편은 거의 녹초가 되곤 했다. 목구멍이 바싹바싹 타고 어느 땐 입에서 단내가 날 정도라고 했다. 회사가 설정한 실적에 맞추기 위해 어디서든 돈을 끌어들여야 했다. 보험회사 지국 소장은 그런 자리였다. 남편은 적지 않은 돈을 카드대출로 충당했고 사채까지 끌어쓴 모양이었다. 그녀가 모르는 사이 남편의 빚은 무한대로 늘어 갔고, 어느 시점부턴 그것이 생계를 위협하는 수준에까지 이르고 말았다. 다른 사람의 건강과 행복을 위한다는 보험이 정작 그들에겐 불신과 불화의 근원이 되고 있었던 것이다.

차츰 남편과의 섹스는 뜸해졌다. 술김에 치르던 남편의 애정 공세는 마지못해 치르는 의무감으로밖에는 생각되지 않았다. 임신이 배제된, 사랑이 없는 건조한 행위는 어쩌면 유곽의 손님과 창녀가 치르는, 단순히 배설을 하기 위한 기계적인 정사에 지나지 않을 것이다.

남편과의 관계가 극도로 소원해지기 시작한 것은 작년부터였다. 실크로드 기행을 다녀오고 난 뒤, 함께 병원에 들러 불임에 대한 검진을 받았었다. 남편은 무정자증이었다. 전혀 예상치 못한 결과였다. 아이를 가질 수 없다는 사실에 남편은 충격을 받은 듯했다. 그때부터였을까. 남편은 곧잘 우울해 보였고 무슨 일에도 관심이 없었다. 그녀는 한편으론 그것이 내년이면 마흔을 바라보는 남자들의 일반적인 심리에서 비롯된 것일지도 모른다고 생각했다. 인생의 반환점이 가까워져 오는 시점에 갖게 되는 허탈감과 막연한 두려움이 그와 같은 무기력을 부채질했을 것이라고 미루어 짐작했다. 일상의 작은 변화를 통해, 막힌 혈을 뚫어주듯 조금의 생기를 불어넣어 준다면 예전의 모습을 되찾을지도 모른다는 생각을 했다.

하지만 남편의 우울은 좀처럼 가시지 않았다. 우울증도 전염되는 것일까. 그녀 또한 삶이 아무런 의미없이 흘러가는 것으로 느껴졌다. 일상은 무료와 권태라는 물살에 이끌렸다. 남편이 각방을 쓰는 게 어떻겠냐고 제안을 했을 때 그녀는 기다렸다는 듯이 받아들였다. 한편으론 고맙다는 생각이 들기조차 했다. 남편이 회사에서 해고를 당하고 채 일주일이 지나지 않아서였다. 조금만 늦었어도 그녀는 남편 쪽에 먼저 별거를 제안했을지도 모른다. 서로가 서로를 방치하는 것만이 권태를 다스릴 수 있는 유일한 처방이라는 생각이 들었다.

아침부터 아이를 못 보낼 것 같다는 아주머니들의 전화가 줄을 이었다. 그럴 만도 했다. 학교가 쉬는 마당에 먼지를 뒤집어쓰고 과외를 받으러 오기는 쉽지 않을 것이다. 남편이 계속 직장을 다니고 있었다면 그녀는 아마 과외를 하지 않았을 것이다. 열여덟 평의 아파트에 대여섯 명의 아이들을 앉혀 놓고 영어를 가르치는 일은 고역이었다. 비좁은 거실에 둘러앉아 입을 우물거리는 아이들을 보고 있노라면 짐승의 새끼들을 한곳에 부려 놓은 느낌이 들었다. 과외를 다시 시작한 건 순전히 남편의 실직 때문이었다. 뭐든지 새로 일을 시작하지 않으면 안 될 처지였다. 남편만 믿고 있다간 밖으로 나앉게 될 형편이었다. 결혼하기 전에 학원 강사를 했던 경험을 살려 그녀는 다시 초등학생 과외를 시작했다.

점심나절이 지났는데도 남편은 여전히 건넌방에서 나오지

않고 있다. 온종일 집 안에 틀어박혀 채팅을 하거나 게임을 하는 것으로 소일을 할 모양이다. 구직센터에 나가 일자리라도 알아봤으면 좋겠는데, 아예 말을 꺼내는 것도 싫다. 쉬다 지치면 제 발로 걸어 나갈 것이다. 문제는 남편이 집에 있기 시작하면서부터 집은 점점 엉망이 되어 가고 있다는 것이었다. 아무리 청소를 해도 남편의 몸에서 떨어져 나온 살비듬과 한 움큼씩이나 빠지는 머리카락을 감당할 수 없었다. 아침에 청소를 하고 얼마 안 있으면 금방 어질러지고 말았다. 사흘 전부터는 좁쌀만 한 모래가 거실 구석구석에 쌓이기 시작했다. 황사가 심해 아예 베란다 문을 닫고 사는 데도 모래가 어떻게 좁은 창틈을 비집고 들어왔는지 신기할 따름이다.

그녀는 점심을 먹는 둥 마는 둥 억지로 몇 숟갈 뜨고는 집을 나섰다. 남편이 집에 틀어박혀 있는 이상, 스스로 나와 버리는 게 상책이었다. 오늘은 일주일에 두 번 수영장으로 가는 날이다. 물속에 몸이라도 담그고 나오면 기분이 조금 나아진다. 처음엔 이달까지 다니려고 했는데 다음 달까지 연장할 생각이다. 정말이지 하는 일 없이 컴퓨터 앞에 앉아 시간을 죽이고 있는 남편을 보기만 해도 가슴 밑바닥에서 적의가 부글부글 끓어올랐다. 이젠 밥상을 차리는 것도 신물이 난다. 각방을 쓰기 때문에 살이 닿을 염려는 없지만 그래도 세 끼 밥상을 봐두는 일까지 모른 척할 수는 없었다. 그러나 남편은 번번이 입맛이 없다며 차려 준 밥상을 그대로 물리곤 했다. 성의를 생각해서 몇 숟갈 뜰 법도 한데 남편은 아예 자신의 방에서 나올 생각을 하지 않았다. 실직으로 입맛까지 잃어버린 모양이었다. 아니 조금이라도 그녀와 마주치지 않기 위해 자신의 방에만 틀어박혀 있는지도 몰랐다.

밖은 온통 뿌옇다. 차들은 제멋대로 도로를 횡단하는 모래인형 같은 사람들을 향해 신경질적으로 경적을 울려 댄다. 뉴스에선 황사가 이번 주말까지 계속되다 다음 주부터는 전형적인 화창한 봄날씨를 회복할 거라고 했다. 그러나 기세로 봐선 쉽게 물러갈 것 같지 않다. 병원마다 호흡기 질환자들이 넘쳐나고 수출용 신소재를 만드는 공장에선 먼지 때문에 불량품이 속출하여 큰 피해를 봤다며 울상이었다. 좌판을 하는 상인들도 장사를 할 수 없어 굶어 죽게 되었다며 하늘을 향해 원성을 쏟아냈다.

그러나 사람들이 내지르는 불평불만은 그녀가 작년 서안(西安)에서 맞닥뜨렸던 황사에 비하면 아무것도 아니었다. 정말 모래바람이 몰아치는 순간은 숨 막힐 정도의 답답함과 두려움이 해일처럼 밀려왔었다. 두 번 다시 떠올리고 싶지 않은 모래바람에 대한 기억. 사막의 바람은 지금 또다시 그녀를 향해 불어오고 있었다.

작년 4월, 남편과 몇몇 영업소 소장이 부부동반으로 실크로드 기행을 떠났었다. 보름간 일정으로 서안과 난주 돈황, 투루판 등을 둘러보는 코스였다. 그녀는 여행과 달리 기행이 얼마나 힘들고 강인한 체력을 요구하는 것인지도 모른 채 그저 실크로드라는 환상에 빠져 동행을 했다. 분명 비단길이라는 이미지가 주는 신비로움은 그녀를 들뜨게 만들었고, 그곳에 가면 일상에서는 경험하지 못한 특별한 무엇이 있을 거라는 기대에 부풀어 있었다. 그러나 남편의 생각은 다른 듯했다. 남편은 아내와 함께 힘든 여행을 함으로써 소원해진 관계를 회복할 수 있다고 생각했었던 모양이다.

실크로드 기행은 고행의 길이었다. 그곳은 지구촌에서도 가장 외진 불모의 땅이었다. 사막은 한낮이면 40℃를 훨씬 웃돌았고, 뙤약볕은 몸속의 피마저도 고갈시켜 버릴 기세였다. 노란 사막의 바다 위엔 새 한 마리 날지 않았고 해골 같은 형상의 모래 언덕만이 눈앞에 펼쳐져 있을 뿐이었다. 수많은 대상들이 융단과 비단을 싣고 수개월을 걸쳐 동서교역을 했던 그 길엔 가슴을 설레게 하는 풍경은 어디에도 없었다. 그곳은 죽음의 길이었다. 어떠한 신비감도 없었다. 실루엣처럼 가물가물 이어진 낙타의 행렬은 마지막 이승의 경계를 넘어, 피안으로 넘어가는 죽음의 제례처럼 생각되었다. 살갗을 벗겨 낼 것처럼 뜨겁던 땅이 밤만 되면 찬 기운을 머금은 얼음의 땅으로 둔갑했다. 그녀는 남편이 원망스러웠다. 생각했던 실크로드 기행은 이런 것이 아니었다. 환상과 꿈에 젖어 머나먼 길을 찾아 왔는데 그곳엔 망망한 모래 바다만 펼쳐져 있을 뿐이었다. 더구나 실크로드 기행이 실적이 좋지 않은 영업소를 대상으로 극기훈련 차원에서 이루어졌다는 것을 알고는 남편에 대한 분노와 실망은 극에 달했다.

수영장은 황사 때문인지 텅 비어 있었다. 관리실 직원도 보이지 않았고, 락커룸의 개인 사물함은 모두 굳게 잠겨 있었다. 황사가 몰고 온 권태와 무기력이 이곳에서도 분가루처럼 흩날리고 있었다. 실내 특유의 울림이 물처럼 출렁거릴 뿐 여느 날과 같은 분주함은 찾아볼 수 없었다. 주위를 둘러봐도 아무도 없고 흐릿한 불빛만이 수면 위로 쏟아져 내렸다. 그녀는 문득 텅 빈 수영장에 자신이 버려져 있다는 느낌이 들었다. 누군가의 보이지 않는 손에 이끌려 이곳으로 유폐된 기분이었다. 분진처럼 쏟아지는 불빛, 은밀하게 뒤채이는 수면, 끊임없이 이어지는 공명……. 그녀는 물속 깊숙이 몸을 담그고 한동안 숨을 정지하였다. 그러자 아늑함과 쓸쓸함 그리고 무언가 알 수 없는 슬픔이 심연 깊은 곳에서 밀려왔다. 주위의 모든 것이 살아 움직이는 듯 무수히 많은 포말이 일제히 수면을 향해 떠올랐다.

물속에 무언가 은밀한 손이 감추어져 있는 것은 아닐까. 아랫배 언저리에 이전과는 다른 섬세하면서도 따뜻한 감촉이 느껴졌다. 그녀는 다시 한 번 몸을 가라앉혀 모든 의식을 수몰시켜 버렸다. 얼마쯤 지났을까. 그녀는 자신도 모르게 초록의 물살을 헤집으며 앞으로 나아가고 있는 자신을 발견할 수 있었다. 이상한 일이었다. 그토록 발버둥을 쳐도 뜨지 않던 몸이 마침내 물 위로 떠오른 거였다. 보이지 않는 몸 어딘가에 지느러미가 돋아난 것일까. 부력을 익힌 몸은 흡사 한 마리의 물고기처럼 자유롭게 유영을 하고 있었다. 앞으로 나아갈수록 그녀는 이곳이 사각의 수영장이 아닌 거대한 생물체의 자궁 같다는 느낌이 들었다. 편안함과 어떤 신비함이 깃들어 있었다. 문득 아이를 갖고 싶다는, 생명을 잉태하고 싶다는 생각이 거센 파도처럼 몸 전체를 관통해 들어왔다. 그것은 미세한 숨구멍에까지 스며들어, 한동안 그녀의 몸을 들뜨게 했다.

어머니가 떠올랐다. 어느 봄날, 자욱한 황사가 세상을 뒤덮던 날, 어머니는 한 줌의 재가 되어 마을 앞 모래사장에 뿌려졌다. 냇물에 씻겨 내려가든, 모래밭에 묻히든, 어머니는 당신의 육신을 고향 냇가의 결 고운 모래밭에 뿌려지길 원했다. 가끔씩 시원한 물소리도 듣고, 바람에 실려 자유롭게 떠돌 수만 있다면 그걸로 더 바랄 것이 없겠노라고 했다. 유해를 뿌리던 날, 그 창백하도록 새하얗던 모래밭에 몇 마리 물새가 날아들었다. 어쩌면 어머니의 잔해는 이름 모를 물새의 부리 속으로,

아니면 다사로운 바람 속으로, 보리순처럼 푸르디 푸른 물속으로 흩어져 버렸는지 모른다.

집으로 돌아오는 길, 도로는 텅 비어 있었다. 이따금씩 안개등을 켠 차들이 거북이 걸음으로 모래의 도시를 달렸다. 날이 저물기엔 아직 이른 시간인데도 두터운 차양을 친 것처럼 어두웠다. 간간이 마스크와 선글라스를 쓴 사람들이 보였지만 얼굴은 하나같이 네거리에 세워진 동상의 표정을 닮아 있었다.

그녀는 집에 돌아가고 싶지 않았다. 그곳은 화려한 결혼생활을 꿈꾸었던 그녀에게 절망과 증오를 잉태시킨 곳이었다. 무능력한 남편은 지금 이 순간에도 벌레처럼 방구석에 처박혀 권태와 게으름의 실을 뽑아내고 있을 거였다. 방 안은 온통 남편의 몸에서 떨궈진 각질과 터럭들이 먼지에 휩싸여 그녀의 손길을 기다릴 게 분명했다.

그녀는 아파트 상가 주위를 몇 번이나 돌고 돌았다. 제과점 앞에 세워진 어른 키만 한 인형이 온화한 미소로 그녀를 쳐다보고 있었다. 양손에는 노릇노릇하게 구워진 빵이 들려 있었다. 그녀는 입맛이 없어 저녁은 대충 빵으로 때워야겠다는 생각을 했다. 남편이 빵을 싫어한다는 것을 알지만 이젠 그의 식성에 대해선 더 이상 신경을 쓰고 싶지 않았다.

제과점에서 식빵을 하나 사 들고 나오는데 갑자기 회오리

바람이 그녀를 향해 불어왔다. 상가 앞에 세워져 있던 자전거가 넘어지고 세탁소 간판이 출렁거렸다. 노란 꽃망울을 터트리며 낭창하게 허리를 흔들어 대던 개나리도 뿌리째 흔들렸다. 순식간에 주위가 어두워져 버렸다. 차 문을 열자 앞 유리에 부착되어 있던 꼬마병정이 심하게 흔들렸다. 언젠가 남편이 퇴근을 하다 거리 좌판에서 샀다던 인형이었다. 남편은 그 꼬마병정이 차의 수호신 역할을 해 줄 거라며 난데없이 성호를 그었다. 그녀는 남편 생각이 나자 신경질적으로 그 꼬마병정을 낚아챘다. 그리고는 차 문을 열고 모래바람이 휘날리는 거리를 향해 힘껏 내던졌다.

바람은 몇 차례 더 소용돌이를 일으켰다. 그녀가 주차장에 차를 세워 놓고 한참을 기다리는 동안에도 바람의 위세는 꺾이지 않았다. 그녀는 차 안에 앉아 지긋지긋한 모래바람이 그치기만을 기다렸다. 반사경에 비친 그녀의 얼굴은 예전의 청순함 대신 생활에 찌든 고집스러움이 눈자위에 가느다란 주름으로 남아 있었다.

유리창이 부옇게 흐려지더니 아무것도 볼 수 없었다. 이 먼지들은 어디에서 불어오는 것일까. 갑자기 머리 위에 내걸린 반사경 속으로 거대한 먼지덩어리가 출몰하는 듯했다. 그리고 펼쳐지는 낙타들의 긴 행렬과 굳어버린 빵처럼 끝 간 데 없이 이어진 노란 모래밭. 작년 남편을 따라 떠났던 실크로드에서의 기억들이 파노라마처럼 이어지는 것이었다. 실뱀처럼 꾸물꾸물 먼 길을 재촉하던 아라비아 상인들의 고단한 여정, 보이는 것은 아무것도 없고, 오직 포유동물의 거대한 둔부 같은 모래밭만이 펼쳐져 있던 그 아득한 시간들이 꿈결처럼 흘러들었다.

"이곳은 전생의 내가 살던 고향 같은 느낌이 들어. 정말이야. 이 광활한 모래밭이 왠지 낯설지가 않아."

서안으로 향하는 길목에서 남편은 불쑥 그런 말을 했었다. 40℃를 웃도는 뜨거운 모래와 화상을 입을 것처럼 내리쬐는 햇볕, 미친 듯 불어닥치는 광풍과 언제 어디서 나타날지 모르는 독충들에 대한 두려움이 존재하는 곳에서 남편은 어처구니없게도 전혀 알아들을 수 없는 소리를 지껄였던 것이다.

"무슨 소리 하는 거예요? 애초에 이렇게 생고생할 것 같으면 아예 같이 오자는 말을 하지나 말지. 이게 무슨 실크로드 기행이에요? 극기훈련이지."

그녀는 남편의 전생 운운하는 말에 화가 나지 않을 수 없었다. 그녀가 생각했던 실크로드 기행은 이런 것이 아니었다. 동서교역의 중심지답게 비단과 융단, 수직물, 유리제품, 포도주 등을 마음껏 구경하고 그것들을 한아름 사 가지고 가는 것이 그녀의 바람이었다. 모랫길이 아닌 비단길로서의 실크로드를 그녀는 꿈꾸었던 것이다.

정말로 참을 수 없이 화가 났던 것은 서안(西安)에 있는 진

138

시황 능을 둘러보고 병마용갱에 갔을 때였다. 그곳엔 수백, 수천에 이르는, 아니 그보다도 훨씬 많은 토우들이 무장을 한채, 엄숙하면서도 고뇌에 찬 표정으로 도열해 있었다. 남편은 무수히 많은 토우 가운데 하나를 가리키며 그것이 마치 자신이라도 되는 것처럼 감회 깊은 표정을 지었다.

"저 많은 토우들 중에 분명 내가 있을 것 같아. 지금의 나는 분명 저 많은 토우들 중의 하나가 환생을 한 거야."

어처구니없게도 남편의 상상력은 갈수록 병적인 증세를 드러내고 있었다. 진시황 능을 지키기 위해 만들어진 토우 중 하나가 전생의 자기였다니, 그녀는 남편의 비현실적인 말에 질겁하지 않을 수 없었다. 정말로 남편이 흙으로 빚어진 인형처럼 보였다. 아무런 생명도, 의식도 없는 순장된 흙인형. 그녀는 문득 이것이 남편의 본 모습일지도 모른다는 생각이 들었다.

한편으론 남편 말마따나 전생이 토우였다면, 혹여 생식 능력을 갖지 못한 인형에 불과할지도 모른다는 의구심이 슬며시 머릿속으로 파고들었다. 결혼 후 5년이 지나도록 아이가 생기지 않는 것에 대해 그때까지 일말의 의심 따위는 없었다. 단지 때가 되면 저절로 아이는 생기는 것이며, 남편의 생식 능력은 조금의 이상이 없다고 믿어 왔었다.

현관문을 열고 들어가자 거실은 괴괴한 침묵에 휩싸여 있었다.

벌써 잠인 든 걸까. 남편의 방에선 아무런 소리도 들리지 않는다. 그녀는 호기심에 남편의 방문을 조심히 열어 보았다. 예상했던 대로 컴퓨터를 켠 채 남편은 곯아떨어져 있었다. 컴퓨터 화면에선 사각의 벽돌이 끊임없이 내려오고 있었다. 이제 좋아하는 게임도 바뀔 법한데 남편은 아직까지 테트리스를 하고 있었다. 언제적 테트리스인지 남편의 무감각에 진저리가 났다. 네 귀퉁이의 아귀가 들어맞으면 밑에 쌓인 벽돌이 저절로 허물어지는 게임이다. 채팅를 하다 신물이 나면 게임을 하고, 게임을 하다 지루하면 다시 누군가에게 대화를 신청했을 것이다. 그녀는 남편이 보통의 남자들처럼 내기 고도리를 한다거나, 카드놀이 같은 사행성 게임을 했으면 싶다. 그래야 하루 빨리 삶의 영역으로 돌아올 것도 같았다. 이젠 정말이지 남편이 싫다. 차라리 죽어 버렸으면 좋겠다는 생각을 할 때도 있다. 그랬으면 남편 앞으로 들어 둔 보험료라도 탈 수 있지 않은가.

남편은 비쩍 마른 나무토막처럼 방바닥에 엎드려 있었다. 어떤 생명체의 느낌도 없다. 신혼 시절엔 그리 많던 머리카락이 이젠 흔적 없이 사라져 버리고 민머리가 되다시피 했다. 털갈이를 하는 짐승이 따로 없었다. 거기에 하얗게 허물을 벗은 뱀처럼 징그러운 살비듬이 방 안 곳곳에 떨어져 있었다. 이제 보니 어깨 부근에 동그랗게 일기 시작하던 각질 자국이 어느새 전신으로 번져 있었다. 도대체 남편은 어떻게 저런 추한 몰골로 변해 버렸을까.

남편을 처음 소개받았을 때 다른 건 몰라도 피부만큼은 웬만한 여자들보다 희고 매력적이었다. 첫눈에도 공을 들여 관리한 피부가 아니라 원래부터 그런 살결을 물려받았다는 것을 알 수 있었다. 보통의 여자를 능가하는 순백의 피부는 남편을 또래의 남자들보다 젊어 보이게 했다. 그녀가 누군가에게 남편을 자랑할 때면 백옥의 피부를 가진 사람이라고 말했다.

짐작했던 대로 식탁은 아침에 밥상을 차려 둔 그대로였다. 남편은 아예 밥을 먹지 않았던 모양이다. 음식은 하나같이 상해 있었다. 생선 썩는 냄새가 진동했고, 반찬들은 죄다 말라비틀어져 있었다. 냉장고 안에 랩으로 싸 놓은 음식들은 지독한 악취를 풍기며 썩어 가고 있었다. 어제 저녁에 끓였던 보리차도 희멀건 부유물이 둥둥 떠올라 있었다.

그녀는 베란다에 나와 건조대에 널린 빨래를 만져 보았다. 햇볕을 받지 못한 탓인지 빨래에선 눅눅한 냄새가 났다. 방향제를 뿌렸지만 방취 효과는커녕 곰팡이 냄새가 번져 왔다. 집에 있으면서 청소나 좀 하지, 남편의 무심함에 화가 치밀었다.

실크로드 기행이 종반으로 접어들던 무렵, 그녀는 남편과의 헤어짐을 생각했다. 서하, 난주, 시하허를 지나 투루판에

도착하자 눈앞에 표면이 온통 붉은 화염산(火焰山)이 보였다. 흡사 산 위 꼭대기에서 붉은 페인트통을 엎질러 버린 것처럼 산 전체가 불그스름한 빛을 띠었다. 오랜 세월 비바람에 깎인 고랑은 거대한 굴곡을 이루었고, 그 주름 사이로 불구덩이의 햇볕이 칼날처럼 쏟아져 내렸다. 화염산은 삼장법사를 방해하는 요괴를 물리치기 위해 손오공이 칠선공주의 파초선을 빌려와 불을 끈 곳이었다. 엄청난 불길이 치솟던 산, 바로 그 화염산이었다. 그녀는 문득 남편과의 결혼생활은 불모의 삶, 그 자체일지도 모른다는 생각이 들었다. 그런데 남편은 무엇 때문에 이 고단하고 험난한 기행에 자신을 동행케 했던 것일까.

난 병마용갱의 토우였던 것 같아. 욕심에 눈먼 자를 위해 끝없이 나의 생명과 푸르름을 바쳐야 했던…… 보험이라는 것, 사람의 관계를 웃기게 만들어 버리는 제도야. 마치 진시황이 죽지 않기 위해 불노초라는 '보험'을 찾아 헤맸듯이 사람들은 내게서 그런 관계만을 원해. 그들은 나를 한갓 흙으로 빚은 인형으로밖에 생각하지 않았어. 어쩌면 당신도 그들 중의 하나인지도 몰라…….

화염산을 떠나 공항으로 가는 길에 남편은 창밖을 바라보며 그렇게 중얼거렸다. 점점 알아들을 수 없는 말만 되풀이했다. 어쩌면 남편은 원인 모를 병에 걸려 버린 듯했다.

화염산 앞에서 사진을 찍고 나오며 그녀는 문득 어머니를 떠올렸다. 불모의 산, 어쩌면 어머니는 화염산과 같은 존재였는지 모른다. 공교롭게도 어머니가 자궁경부암으로 삶을 마감하던 날 그녀는 초경을 했다. 병상을 지키는데 뒤가 이상한 느낌이 들어 거울을 보았더니 치마 뒷부분이 붉은 피로 물들어 있었다. 어머니는 그녀를 향해 어떤 알 수 없는 힘겨운 미소를 지었고, 그리고 그것은 어머니와 나눈 마지막 인사가 되고 말았다.

그녀가 초등학교를 졸업할 때까지도 어머니는 둘째를 가지지 못했다. 임신을 할 때마다 아이는 유산되고 말았다. 그러나 아버지는 아들을 갖길 원했다. 당신의 말대로라면 아들은 씨앗을 퍼뜨릴 수 있는 나무와도 같은 거라고 했다. 무성한 이파리를 틔울 수 있고, 가지를 뻗칠 수 있고, 타인에게 자신의 생명력을 드러내 보일 수 있는 유일한 증거라는 거였다. 그러나 몇 차례 유산을 한 어머니는 끝내 자궁을 들어내야 했다. 아버지는 그동안에도 바람처럼 떠돌며 씨를 퍼뜨리는 일에만 신경을 쏟았다.

열흘이 넘도록 황사는 누그러지지 않았다. 보이는 것은 모두 모래에 뒤덮였다. 먼지로 도배되어 버린 유리창과, 모래로 쌓아 올린 빌딩들. 꼭 화산폭발로 이루어진 분진의 도시 같았다. 며칠 새 하늘엔 새 한 마리 보이지 않았고, 도로를 횡단하

는 고양이도 없었다. 각급 학교 휴교 뉴스가 발표되었고, 그
덕에 그녀는 아이들 과외를 하지 않아도 되었다. 시장이 철시
되고 점점 문을 닫는 상가도 늘어, 거리는 흡사 유령의 도시를
연상케 했다.

남편은 하루가 다르게 야위어만 갔다. 며칠 간 식사를 거른
탓인지 몸은 비쩍 야위어 앙상한 뼈가 드러났다. 혈관 속의 피
가 모든 증발되어 버린 것처럼 조금의 핏기도 찾을 수 없었다.
남편이 움직일 때마다 앙상한 뼈대 위로 푸른 심줄이 도드라
졌다. 방은 아무리 청소를 해도 살비듬으로 가득했고, 어디서
불어왔는지 몇 줌이나 되는 모래가 매일처럼 방구석에 쌓였
다. 어쩌면 남편의 몸속에 사막이 있어 그곳에서 끝없이 모래
가 빠져 나오는 것 같았다. 시간이 흐를수록 그것은 빠른 속도
로 넓혀질 것이고 남편은 아무리 발버둥을 쳐도 그 모래밭을
벗어나지 못할 운명을 가지고 태어난 것 같았다.

수영장을 가려다 말고 그녀는 핸들을 반대쪽으로 돌렸다.
이미 체득한 부력에 대한 기쁨을 맛보고 싶었지만, 그보다 먼
저 가 보고 싶은 곳이 있었다.

한 시간 넘게 차를 몰아 도착한 곳은 그녀가 어렸을 때 살
던 마을이었다. 자욱한 황사 때문인지, 생각보다 훨씬 쇠락해
버린 느낌을 지울 수 없었다. 하늘도 황량했고, 거리도 황량했

다. 갑자기 가슴속으로 메마른 바람이 스며들었다. 그녀는 차를 몰아 서서히 냇가 쪽으로 향했다. 냇물 소리는 생각만큼 쾌활하지 않았다. 시간의 흐름에 물줄기마저 가늘어져 버린 모양이었다. 보리가 익어 가던 무렵이면, 쉼 없이 흘러가는 파란 냇물을 따라 걸으며 어머니가 하루 빨리 병상에서 일어날 수 있게 해 달라고 기도를 했다. 창백한 하현이 떠 있는 날은 알 수 없는 슬픔에 복받쳐 몇 번이고 어머니를 부르기도 했다.

그녀는 차를 한곳에 세워 두고 냇가로 향했다. 여전히 먼지는 분가루처럼 흩날렸다. 걸음을 옮길 때마다 푸석푸석한 모래가 발목까지 차올랐다. 그녀는 문득, 자신이 사방으로 둘러싸인 모래성에 갇혀, 형편없이 초라해져 버린 무능력한 남편과 무료하고 건조한 일상에 얽매여 끝없이 닳아지고 있다는 생각이 들었다. 우울하고 답답한 생각을 떨쳐 버릴 요량으로 고개를 세차게 흔들었다.

발걸음은 어느새 무릎 높이까지 웃자란 물풀이 너울대는 곳으로 향하고 있었다. 그것은 바지 끝자락에 예리하게 스쳤고, 그때마다 모래 속에 잠복해 있는 듯한 무수한 소리가 들려왔다. 물풀이 있던 자리 너머엔 그리 넓지 않은 모래톱이 펼쳐져 있었다. 어지럽게 흩어져 있는 새의 발자국은 흡사 모래로 만든 댓잎들을 함부로 흩뿌려 놓은 모습을 연상케 했다. 그녀는 이곳 어딘가에 어머니의 흔적이 남아 있을지도 모른다는 생각이 들었다. 물살에 떠내려갔거나, 바람에 실려 어느 곳에서 꽃씨의 자양분이 되었을지도 모를 어머니. 아버지가 밖으로만 나도는 동안 어머니의 몸은 외롭고도 어두운 사막으로 변해버렸다. 어머니의 삶을 짓눌러 버린 불모의 독. 그녀는 와락 밀려드는 슬픔 때문에 한동안 그 자리에서 움직일 수 없었다. 그때, 몇 발짝 앞 오목한 곳에 몇 개의 새알이 놓여 있는 것이 눈에 띄었다. 주위엔 솜털처럼 부드러운 깃털과 마른 풀들이 얼기설기 엮여져 있었다. 그녀는 물새알을 조심히 손바닥 위에 올려 놓았다. 아직 온기가 남아 있어 따뜻했다. 빛깔이 오래전 이곳에 뿌렸던 어머니의 유해와 흡사했다. 어쩌면 모래밭에 흩뿌려진 어머니의 유해가 생명을 이어 준, 어느 물새의 오랜 후손일지도 모른다는 생각이 들었다. 그녀는 물새의 알을 가슴 깊숙이 품었다. 마지막 눈을 감던 어머니의 체온이 그대로 전해져 오는 듯했다. 여전히 모래 먼지는 냇가 저편에까지 두텁게 진을 친 채, 분무처럼 소리 없이 흩날리고 있었다.

밖은 뿌연 모래 세상이었다. 차는 모래 터널을 뚫고 부유하듯 허공을 달렸다. 분간할 수 없는 저편으로 거대한 사막이 펼쳐져 있을 것 같았다. 저녁 늦게 집으로 돌아왔을 때, 그녀는 낯선 곳에 유배되어 온 듯한 느낌이 들었다. 아파트 입구는 물론 현관 바로 앞에까지 온통 모래가 빼곡하게 쌓여 있었다.

거실엔 화염 같은 먼지가 자욱하게 깔려 있었다. 숨이 막혔다. 그런데 웬일일까. 곳곳에 붉은 딱지가 부착되어 있었던 것이다. 가전제품과 가구마다 인줏빛의 종이가 붉은 야생화처럼 화려한 무늬를 드리운 채, 그녀를 기다리고 있었다. 자세히 보니 차압 통지였다. 영업실적을 올리기 위해 남편이 카드대출을 받았던 것이, 결국은 압류딱지로 돌아왔다. 모든 것을 버리기로 작정한 남편은 이제 아무것도 남겨 두지 않으려는 심사인 모양이었다. 불같은 화가 치밀었다.

남편은 보이지 않았다. 방은 텅 비어 있었고 온통 모래 천지였다. 컴퓨터 화면에선 끊임없이 벽돌이 떨어지고 있었다. 화면 속의 벽돌들이 모두 부서져 모래밭으로 변해 버린 것이 아닐까. 혹여 모니터 어딘가에 방으로 연결된 통로가 있어 그곳으로 줄기차게 모래가 밀려 내려오고 있다는 생각이 들었다.

남편은 거실에도, 베란다에도, 주방에도 없었다. 크게 소리 내어 불러 보았지만 아무런 대답이 없었다.

그녀는 욕실 문을 열고 안을 들여다보았다. 그곳에도 예외 없이 모래가 빼곡이 차올라 있었다. 세면대 바로 밑에 무언가 놓여 있는 것이 보였다. 작은 토우였다. 실크로드 기행 때 보았던 것과 같은 모래 인형이 그녀를 물끄러미 쳐다보고 있었다. 손을 뻗어 얼굴을 만지자 귀와 코가 힘없이 부서져 내렸다. 그녀는 서둘러 베란다로 나와 빗자루와 쓰레받기를 집어

들었다. 그리고는 한참 동안이나 모래를 쓸어 담았다. 그러나
언제인가 싶게 모래는 다시 쌓이기 시작했다.

만남의 광장 주유소

그는 오늘 집을 나왔다. 가출이었다. 그것은 화살 시위에 얹힌 화살처럼 명백한 떠남이었다. 일어나자마자 대강 속옷과 양말을 챙겨 가방에 담았다. 그것만으로도 충분히 그가 집을 나왔다는 흔적이 남을 것이다. 시장에서 돌아온 어머니가 보더라도 크게 표가 나지 않게 다른 옷가지는 손대지 않았다. 마지막 남은 일말의 배려다. 겨울에 집을 나온다는 것은 가족에게 심적인 고통을 주겠다는 노골적인 의미가 담겨 있을 터였다. 추위에 대한 사람들의 공포와 연민이 어떠하다는 것을 그는 잘 알고 있었다. 그것은 뼈에 박힐 정도의 거친 말보다도 더한 아픔을 주고 후유증을 동반한다.

밤이 되어 집으로 돌아온 어머니는 이내 그의 가출을 알게 될 것이다. 슬프고, 목이 메이고, 어쩌면 배신감마저 들게 될지 모른다. 그러나 한편으론 어머니는 그의 가출을 담담히 받아들일 수도 있다. 어머니는 슬픔을 교묘하게 이겨 내는, 흡사 스펀지가 물을 빨아들이듯 아픔을 아무렇지 않게 흡수해 버리는 놀라운 힘을 가지고 있었다. 여자는 약하지만 어머니는 강하다는 말은 어쩌면 그의 어머니와 같은 경우에서 비롯되었는지 모른다.

어쩌면 그의 어머니는 오늘이 아니더라도 언젠가는 아들이 당신을 떠나리라는 사실을 짐작하고 있었는지 모른다. 그는 언제고 집에서 나간다는 말을 입버릇처럼 했었고, 어머니는 그때마다 별 대수롭지 않다는 표정을 짓곤 했었다.

하루 종일 궂은 날씨가 이어지더니 간간이 빗줄기가 흩날렸다. 내륙 산간지방에는 저녁 늦게 눈이 내린다는 예보가 있었다. 늦가을에서 겨울로 이어지는 날씨는 조율이 안 된 건반 악기처럼 불안했다. 들녘을 따라 일정한 간격으로 세워진 전봇대 위로 한 무리의 새 떼가 무겁게 내려앉는 것이 보였다. 멀리 들판에선 짚단을 태우느라 하얀 연기 기둥이 연신 하늘로 치솟고 있었다. 푸르름으로 빛나던 들판에는 이제 쓸쓸한 흔적만 남아 있을 뿐, 조금의 생명의 온기도 느낄 수 없었다. 이제 곧 혹한의 겨울이 다가오리라.

밤에는 김씨 아저씨의 아들이 온다고 했다. 어머니는 아침 일찍 보험회사로 출근하면서 그의 방을 향해 제법 큰소리로 말했다. 모처럼 가족들이 모여 저녁이나 함께하기로 했으니 주유소 아르바이트가 끝나는 대로 집으로 오라는 거였다. 어머니는 그저 그런 일상의 일처럼 아무런 내색 없이 말을 했다. 그는 어머니의 말을 귓등으로 흘려버렸다. 잠결이었지만 가족이라는 말이 적잖이 거슬렸다.

내가 언제부터 그들과 한 가족이 되었단 말인가. 그리고 어머니는 무슨 근거로 그들과 내가 같은 가족이라는 것인지 설핏 웃음마저 나왔다. 폭주족에 싸움질만 하고 다니는 김씨 아저씨의 아들과 나는 가족이라는 끈으로 묶일 수 없었다.

머지않아 곧 입영 날짜가 확정될 것이다. 그는 대학 마지막 학기를 남겨 두고 휴학을 한 상태였다. 병무청에서는 곧 입영 통지서가 발부될 거라고 했다. 직원은 정확한 날짜를 못 박지는 않았지만 겨울이 끝나기 전에 틀림없이 군복을 입게 될 거라고 했다. 그러면서 너도나도 군대를 안 가려고 안달인데 서둘러 입대를 하려는 이유를 도시 이해하지 못하겠다는 듯 고개를 갸우뚱거렸다. 정말로 이해를 못하는 것인지 아니면 취업의 고통을 모르는 사람인지, 그는 병무청 직원이 전혀 현실 감각이 없는 사람으로 보였다.

이제 기다리는 일만 남았다. 그는 한 며칠간을 조용히, 없는 듯 지낼 작정이었다. 그리고 단 하나, 강희에게서 사랑의 확신을 약속받는 일만 남았다. 그가 그나마 위안을 느끼는 건 사랑이라는 감정에 대한 열정뿐이었다. 그 외엔 아무것도 생각하고 싶지 않다. 그리고는 오로지 시간의 테두리 속에 갇혀 버릴 심사였다. 시간이 모든 것을 해결하고 치유해 준다는 것은 만고의 진리였다. 그가 믿을 수 있는 건 시간의 힘이 가져다주는 놀라운 변화였다. 얼마 후면 이곳에서의 일상은 오래된 활자처럼 가뭇없이 지워질 것이고, 그는 아무런 상관없는 완벽한 타인으로 변모하게 될 것이었다. 세월에 묻히다 보면 어머니에 대한 증오심도 떨쳐 버릴 수 있을 거였다. 정신병동에 갇힌 아버지에 대한 어쩔 수 없는 미련도, 그리고 안타까움도 접을 수 있을지 몰랐다.

갑자기 묶여 있던 생각들이 부산스레 이어진다. 그는 창밖, 이제 막 늦가을의 끝자락과 초겨울의 첫머리가 만나 연출해 내는 스산한 풍경을 바라보며 담배를 하나 꺼내 물었다. 저편의 나무들은 자신의 몸속에서도 서로 다른 빛깔로 겨울 맞을 채비를 하고 있었다. 잿빛인 밑둥과 달리 몸체는 연한 갈색으로 물들어 가고 있었다. 무거운 잎들을 털어 낸 지 얼마 안 된 나뭇가지에는 연한 단풍빛이 희미하게 남아 가을의 전설을 기억하고 있었다. 그는 계절의 경계 위에 위태롭게 서 있는 나무를 한동안 바라보다 말고 어젯밤에 꾸었던 아버지에 대한 모습을 떠올렸다.

백발의 아버지는 쇠창살을 뜯어내고 있었다. 시커멓고 음울한 병동이 흔들리더니 아버지의 발목을 채우고 있던 쇠고랑이 암호처럼 스르르 풀렸다. 병실 문이 열리자 아버지는 엷은 미소를 드리운 채 복도를 향해 달리기 시작했다. 복도는 순식간에 두터운 안개의 장막으로 뒤덮여 버렸다. 비상벨이 울리자 곳곳에서 어지러운 발자국 소리가 밀려왔고, 흡사 병동 전체가 하나의 거대한 축음기로 돌변해 버린 것처럼 들끓었다. 얼마 후 나타난 병원 사람들이 아버지를 향해 일제히 가스총을 쏘았다. 짙은 액체가 공중으로 뿌려졌고 아버지는 그 자리에 쓰러지고 말았다. 순간 입에선 죽음의 양수 같은 침전물이 흘러나왔다. 아버지 주위로는 병원 관계자들과 얼굴을 알 수 없는 낯선 사람들이 전투에 참가하는 병사들 같은 모습으로 모여들었다.

아버지에 대한 꿈은 벽화였다. 매번 그 틀을 벗어나지 않았다. 움직이지 않는 장면이, 변하지 않는 모습이 세월의 흐름과는 무관하게 언제나 그의 의식을 지배하고 있었다. 병원에 감금된 아버지는 늘 백발이 성성했고, 한두 개 남은 누르스름한 이빨은 부러진 톱처럼 무디어져 있었다. 핏기가 이미 휘발되어 버린 잇몸은 흡사 씹다 버린 껌처럼 까맣게 엉겨 붙어 있었다. 몰라볼 정도로 부어 버린 얼굴엔 깊은 흉터가 남아 있었는데, 그것은 알이 여물 대로 여문 석류가 붉은 속살을 터뜨리기 직전의 모습을 닮아 있었다. 생명이 떠나 버린, 마르고 질긴 거죽을 둘러쓴 박제된 짐승 그 이상도 이하도 아니었다.

피로가 몰려왔다. 주유소 아르바이트는 생각보다 힘이 들었다. 그가 주유소 아르바이트를 시작한 것은 순전히 대학 등록금을 벌기 위해서였다. 더 이상 어머니에게 손을 벌리고 싶지 않았다. 어머니는 돈 때문에 늘 고엽처럼 마른 삶을 살아왔다. 더 이상 돈으로 폭폭증을 겪게 하고 싶지 않았다.

요즘은 거의 이틀에 한번 꼴로 날새기를 한다. 아르바이트 학생이 없어서 몸이 열 개라도 부족한 실정이다. 며칠째 생활 광고지에 주유원을 구한다는 줄광고가 나가고 있지만 선뜻 일을 하겠다고 나서는 사람이 없었다. 주유소 아르바이트는 돈을 많이 주는 것도 그렇다고 깨끗하거나 쉬운 일도 아니어서 그다지 관심을 가지지 않는다. 시간당 최저임금을 벌기 위해 밤잠을 설치며 주유기를 붙들고 있을 만큼 순진한 아이들은 많지 않다.

당분간 그는 주유소에서 지낼 작정이었다. 2층 빈 사무실에서 숙식을 해결하며 입영날짜를 손꼽아 기다릴 것이다. 일상의 불편한 점들은 경리인 강희에게 부탁하면 될 것이었다. 주유소 경리만 4년째인 그녀는 기름장사의 생리를 훤히 꿰뚫고 있을 만큼 업무에 밝다. 그녀는 여상을 졸업하던 해부터 이곳에서 일을 해 왔다. 전표 계산이나, 장부 정리, 그리고 거래처 파악은 그녀를 통해 이뤄진다. 그녀는 요즘 여자애들 같지 않게 조신하고 예의가 발라 소장의 신임도 두텁고 거래처로부터도 싹싹한 아가씨라고 칭찬이 자자하다.

강희 생각을 하다 말고, 그는 담배를 연이어 피워 문다. 퇴근 무렵이라 한바탕 전쟁을 치렀다. 정유회사에서 파견 나온 아저씨가 없었다면 들고 나는 차들을 감당할 수 없었을 터였다. 당분간 아르바이트 학생을 구하기 전까지는 본사에서 파견 나온 계약직 직원이 거들어 줄 거였다. 인력이 부족할 때 곧잘 쓰는 방법인데 주유소나 정유회사나 그런대로 수지가 맞는 장사였다. 다행히 이틀 전에 기름값이 인상돼 바쁜 고비는 넘겼지만 새벽녘까지 밀려오는 차들로 자리를 비울 수 없었다. 그나마 퇴근시간이 지나고 나면 한숨을 돌릴 수가 있었다. 그러나 10시를 전후하면 또 한바탕 전쟁 아닌 전쟁을 치른다. 모임에 나갔다가 귀가하는 차들과 야근을 하고 퇴근하는 차들이 다음 날 출근을 위해 미리 기름을 넣기 때문이다. 한창 차가 밀려들기 시작할 때는 정말이지 눈코 뜰 새가 없다. 화장실에 가는 것도 전화를 받는 것도 생각할 수 없다. 주유소에 있다 보니 운전하는 사람들 성격이 급하다는 것을 매일매일 확인하게 된다. 단 몇 초도 참지를 못한다. 주유를 하다가 조금 실수해 기름을 쏟으면 소리를 지르는 것은 예사다. 차는 진즉대 놓았는데 아르바이트생이 사무실 안에서 꾸물거리고 있거나, 카드 결제가 늦어진다 싶으면 그새를 못 참고 클랙슨을 눌러 댄다.

사무실에는 강희가 서류정리를 하고 있다. 컴퓨터 앞에 앉아 판매한 기름의 양과 전표를 대조하는 표정이 자못 신중하다. 기름이 많이 팔려 나가면서 그녀 또한 밤 근무 시간이 늘어나 버렸다. 그렇다고 급여가 많이 늘어난 것은 아니지만 오래 일을 해 온 터라 모른 척할 수는 없을 것이다.

소장은 거래처 사람을 만나러 가서는 아직 돌아오지 않았다. 요즘 들어 중요한 기름 계약을 앞두고 술자리가 부쩍 늘었다. 이쪽 업계도 로비를 하지 않고는 생존하기가 어렵다. 같은 값이면 술 한번, 밥 한번 먹은 사람과 계약을 한다는 심리가 깔려 있는 게 인지상정이다.

"밥은 먹었니? 안 먹었으면 뭐라도 시켜 줄까."

"아니 별로 생각이 없는데."

"그래도 조금 먹어야 하지 않아. 밥때가 꽤 지났잖아."

"밥 한 끼 안 먹는다고 별일이야 있겠니. 내 걱정은 하지 마."

강희는 별로 내켜하지 않았다. 진짜 밥을 안 먹고 싶은 건지, 아니면 섞기가 싫은 건지 조금 부담스러워하는 표정이다. 그는 요사이 강희의 말수가 급격히 줄어든 것이 적잖이 맘에 걸린다. 시종 무료하고 차가운 표정이다. 이럴 때는 아무 말 않고 지켜보는 것도 좋으려니 싶다. 어쩌면 계속되는 야근에 스트레스를 받아서인지도 모르겠다. 그가 처음 그녀를 보았을 때 느꼈던 싹싹하고 밝은 모습은 요사이에는 찾을 수가 없다.

그는 무슨 말을 하려다 말고, 이내 2층 숙소로 향한다. 숙소의
방바닥에는 미지근한 온기가 남아 있다.

그가 강희와 가까워진 건 야근을 하면서부터였다. 주유소
일이라는 게 아르바이트생이 수시로 들고나서 상황에 따라 야
근을 해야 하는 날이 많다. 정말로 바쁜 날은 기름값을 올린다
는 뉴스가 발표되는 날 저녁이다. 그날은 자정 무렵까지 기름
을 넣으려는 차들이 몰려든다. 그땐 별수 없다. 일할 사람이
없으면 날을 새는 것은 이 업계에서는 지극히 당연하다. 어느
날은 강희도 한밤중까지 퇴근을 하지 못하고 주유기를 잡을
때도 있다. 서당개 3년이면 라면을 끓인다는 말이 있듯이 주유
소 3년이면 기름장사 다 된 것이나 진배없다.

그가 처음부터 그녀와 달아올랐던 것은 아니다. 어느 연인
들처럼 탐색의 기간이 있었고, 몇 번의 격렬한 다툼도 있었다.
오해와 질투 그리고 한동안은 미움의 감정에 빠져 있었던 적
도 있었다. 아주 잠시 결별의 기간도 물론 있었다. 그러나 그
때마다 그는 현명하게 갈등을 봉합하곤 했다. 나이는 강희보
다 한 살 어리지만, 그는 제법 여자를 안다고 자부한다. 무작
정 들어주고 무작정 이해해 주는 것이 최고의 배려라는 것을
모르지 않는다. 그는 강희와 자신의 사이에는 단단한 신뢰의
끈이 연결되어 있다고 믿는다. 그가 생각보다 주유소 아르바
이트를 오래 붙잡고 있는 것도 사실은 강희 때문이다. 기실 그

는 그녀와의 만남을 계기로 어머니와의 갈등에서 조금씩 벗어
나고 있기도 했다.

　그러나, 요즘 들어 강희의 어두운 표정이 예사롭게 보이지
않는다. 강희가 전에 없이 말수가 없고, 업무를 보다 말고 문득
문득 깊은 생각에 잠겨 있는 모습을 보이곤 한다. 더러 굳게 다
문 입술은 한 치의 오차도 없이 포개진 손수건을 닮아 있다. 불
과 며칠 사이에 강희는 이전과는 다른 사람으로 변해 있었다.
그는 행여 자신의 어떤 행동이 그녀의 마음을 상하게 했는지
내심 불안한 마음을 떨쳐 버릴 수 없었다. 그는 숙소 바닥에 대
자로 팔다리를 뻗고 누워 곰곰이 생각해 보았다. 감긴 테이프
를 되돌리듯 요 며칠 그녀와 나누었던 이야기를 재생해 보았
다. "이 일을 얼마나 오래 하겠어? 때가 되면 그만둘 거야. 그
때가 언제인지는 알 수는 없지만." 며칠 전 밥을 먹다 말고 그
녀는 언젠가 주유소를 그만둘 거라고 흘리듯 말했다. 그녀의
말이 갑자기 들이치는 빗줄기처럼 그의 뇌리를 파고들었다.

　그녀의 꿈은 생기 있는 삶을 사는 거였다. 주유소에 근무하
는 일상과는 다른 아주 멋진 인생 살고 싶었다. 계절마다 백화
점에 나가 고급 브랜드의 옷을 사고, 이름난 셰프가 요리하는
만찬을 즐기고, 명절 때는 해외로 나가 한가한 시간을 즐기는
거였다. 그렇게 럭셔리하거나 호화스러운 꿈은 아니었다. 한
번쯤은 누구나 꿈꾸는 지극히 일상적인 모습이었다.

며칠 전, 그는 무인텔에서 강희와 함께 꼬박 하루를 보냈다. 그날 강희는 무척이나 활기차 보였다. 두 사람이 투숙한 무인텔은 각 방마다 본능에 굶주린 사람들이 차고 넘쳤다. 세상에는 타인들의 눈을 피해 위험한 사랑을 즐기는 이들이 그렇게 많나 보았다. 빈 객실이 나오기까지 두 사람은 한참을 차 안에서 기다려야 했다. 아무려면 어떠랴 싶었다. 그는 두둑한 보너스를 받았고 곁에는 사랑하는 강희가 있는데. 생각보다 기름이 많이 팔려 소장은 상당히 기분이 업되어 있었다. 성격이 무던하고 서글서글한 소장은 마음씨 좋은 경비실 아저씨 같은 인상이었다. 주유소가 소장의 아버지 명의로 돼 있지만 외아들이라 사실상 그의 것이나 다름없다. 소장은 매우 상식적이고 예측이 가능한 타입의 사람이었다. 물론 돈이 있다고 해서 다른 사람을 괄시하거나 돈이면 다 된다는 식의 생각을 하는 사람도 아니었다. 아르바이트를 하는 학생이나 젊은 사람들을 친동생처럼 대했고, 많지는 않지만 시급도 다른 곳에 비해 많이 쳐주었다. 일손이 딸릴 때는 직접 주유를 하고 허드렛일도 마다하지 않았다. 가을 이후로 기름이 예상했던 것보다 많이 팔리자 야근을 하는 날도 많았다.

　'너에게선 왠지 불안한 기운이 감돌아. 뭐랄까, 뭔가 세상과 불화하고 있는 것처럼 보여. 너랑 있으면 어느 정도까지는 좋은데, 그 이상을 넘어가면 마구 불안해져. 망망한 바다를 표류하는 배에 타 기분이 들거든. 난 파도가 요동치는 바다를 떠도는 배보다 기항지에 정박해 돛을 내린 배가 좋거든.'

강희는 스파 욕조에서 지압을 하며 신음하듯 말했다. 조금 전까지도 들뜬 아이처럼 쾌활하던 그녀는 한 차례의 섹스가 끝난 후 갑자기 침울해졌다. 이완의 허탈함일까. 절정의 급전직하가 주는 상실감일까. 중얼거림 같은 그녀의 말은 창밖의 날씨처럼 음습했다. 가을걷이가 끝난 들판 위로 검은 구름이 무겁게 내려와 있었다. 떨어진 나뭇잎들이 허공 속으로 푸르르 흩날렸다.

사람은 누구나 불안정해. 이 세상에 안정적인 사람은 아무도 없어. 마찬가지로 애초부터 정해진 길은 없는 거야. 비바람 몰아치고 파도가 굽이치는 곳이 인생의 바다야.

그녀의 말에 그는 선문답 같은 대답을 했을 뿐이었다. 그리고 그는 기갈이 든 것처럼 강희의 몸을 반복해서 탐했다. 그녀의 머릿속에서 흘러나오는 향기는 정신을 혼미하게 만들었다. 아니 그녀의 깊은 몸에서 흘러나온 냄새는 그의 굳은 몸을 구석구석 풀어 주었다. 그는 비밀을 풀 듯 강희의 풍성하고 긴 머리카락을 반복해서 쓸어 주었다. 강희의 갈색의 머리는 관능을 부채질하는 묘한 힘이 깃들어 있었다. 그는 그녀에게 꿈이 무엇이냐고 다시 진지하게 물었다. "내 꿈은 인생이라는 텀블링 위에서 폴짝폴짝 튀어 올라 하늘 가까이 오르는 거야."

그녀의 말에 그는 하마터면 웃을 뻔했다. 그런 덤블링이 있으면 자신이 그렇게 뛰고 싶었다. 그런데 웬일인지 강희의 말은 공허한 울림으로 다가오지 않았다.

어느새 밖은 어둠이 짙게 내려와 있다. 도로 양편으로 꼬리를 문 차량의 행렬이 끝없이 이어졌다. 밤이면 수많은 차들이 어디서 와서 어디로 흘러가는 것일까. 핏발선 고양이의 눈 같은 헤드라이트를 볼 때마다 그는 뫼비우스의 띠처럼 펼쳐지는 낮과 밤이 신기하게만 생각되었다. 갑자기 은행나무 가로수들이 바람에 뒤척이더니 비가 들이쳤다. 11월에 비라니. 그는 멍하니 도로 저편을 바라보며 담배를 피워 물었다. 군데군데 고이기 시작하는 빗방울이 달려오는 차바퀴에 낭창한 소리를 내며 찢겨진다. 강희의 몸으로 들어가던 날 잔잔하게 퍼지던 미세한 떨림이 느껴진다.

강희는 퇴근을 한 모양인지 사무실은 텅 비어 있다. 본사에서 파견 나온 아저씨가 주유를 끝내고 카드를 긁고 있다. 아저씨는 자정 때까지 근무를 하다가 퇴근을 할 거였다. 그 이후 시간은 그가 숙소에 혼자 남아 불침번을 서야 했다. 그는 말없이 퇴근을 한 강희가 야속하게 생각되었다. 여느 때 같으면 간다고, 간단한 문자라도 보냈을 터인데 말이다. 갑자기 말문을 닫아 버린 그녀의 속뜻이 무엇인지 의아했다.

분명한 것은 그가 어머니를 향한 미움의 불길을 키워 가는 것만큼, 그와 반비례해 강희에 대한 감정이 깊어 간다는 사실이었다. 분연히 솟구치는 어떤 욕망과 그리고 금방 추락해 버릴 것 같은 허허로운 감정이 아슬아슬하게 대립되는 그런 느낌이었다. 도시 가늠이 되지 않았다. 그는 세차게 머리를 내저었다. 좌표를 잃어버린 어둡고 불안한 항해의 시간이 급작스럽게 밀려들었다. 25년이 넘는 시간을 현실과 무의식의 경계에서 헤매고 있는 아버지, 그런 아버지를 팽개쳐 두고 김씨 아저씨와 살림을 낸 어머니, 그리고 푸른 멍울처럼 그의 가슴에 박혀 버린 강희의 존재…. 그것들은 모두 그의 삶의 한복판에 실타래처럼 엉겨 있었다. 한 발 한 발 내딛을 때마다 그것들은 그의 발목을 붙잡고 늘어졌다.

어쩌면 어머니 또한 그런 삶을 살아왔는지 몰랐다. 불쑥불쑥 찾아오는 어머니에 대한 증오만큼이나 연민이 그의 가슴 한편을 파랗게 물들였다. 기실 정신이 온전치 못한 남편은 엄청난 채무보다도 가혹할 터였다. 시도 때도 없이 쏟아지는 사람들의 시선과 수근거림, 그리고 이따금씩 들이쳤을 절망의 물살은 어머니를 적잖이 힘겹게 했을 거였다. 물론 그가 듣기로 처음부터 아버지의 상태가 심하지는 않았던 모양이다. 결혼하고 얼마 지나지 않아 이상한 기미가 보이기 시작하더니 그가 태어날 무렵에는 어떻게 손써 볼 수 없을 정도로 나빠졌다는 것이다. 혹여 어머니는 속아서 결혼을 한 것일까.

어머니와 결혼하기 전 아버지는 교통사고로 머리를 다쳤고 몇 번의 뇌수술을 받았다고 한다. 그의 아버지에 대한 기억은 짙은 판화처럼 우울하고 어둡다. 굳은 빵조각처럼 딱딱한 피부와 움푹 팬 서늘한 눈은 딴 세상 사람으로 보일 만큼 낯설었다. 아버지는 곧잘 정신을 잃곤 했는데 그때마다 두 눈이 뒤집히며 찌그러진 깡통처럼 온몸이 오그라들었다. 한바탕 정신을 잃고 나면 아버지의 입술 새로 끈적끈적한 백색의 침전물이 흘러내렸다. 그것은 검고 우울한 죽음의 습지였다. 어떠한 생명도 흡착시켜 숨구멍을 막아 버릴 것 같은 검은 늪.

어머니는 그때마다 아버지의 생의 불꽃이 얼마 남지 않았다는 것을, 애잔한 운명의 바퀴가 이내 길고 긴 어둠 속으로 이끌려 들어가고 말 거라고 생각을 하는 듯했다. 그가 보기에 어머니의 삶은 아버지로 인해 완전히 바뀌어 버렸다. 메마른 얼굴엔 하루가 다르게 굵은 주름이 늘었고 그것은 어머니를 실제보다 훨씬 나이 들어 보이게 했다. 그러나 어머니는 아버지를 포기하지 않았다. 병원에서는 교통사고로 인한 갑작스런 충격 때문이라고 했다. 꾸준히 치료를 하면 비관적이지 않는다고 했다. 그 말 때문이었는지 어머니는 마지막까지 기대를 저버리지 않았다. 뇌에 좋다는 약초를 캐러 산과 들을 헤집고 다녔다. 그 일은 아버지가 완전히 백색병동에 갇힐 때까지 수년간 이어졌다. 어머니가 아버지의 병을 고치기 위해 쏟은 정성을 돈으로 환산하면 지금 살고 있는 작은 연립 두세 채는 사고도 남았을 터였다. 그럼에도 아버지의 상태는 나아지지 않았다. 점점 회복 불능의 상태로 빠져들었다는 표현이 맞을 것이다. 갈수록 사람들을 못 알아보았고 전혀 알아들을 수 없는 말을 끊임없이 반복했다.

결국 아버지는 병원에 감금되었다. 마음의 감옥뿐 아니라 육신의 감옥에까지 철창이 가로놓여진 것이다. 몹쓸 그 발작 증세가 아버지의 삶을 구속하고 말았다. 그 이후로 그는 아버지를 보지 못했다. 그리고 차츰차츰 아버지는 기억 속에서 흐물흐물 지워졌다. 이상하게도 몇 년이 지나도 그는 아버지가 보고 싶지 않았다. 어머니 또한 아버지에 대한 이야기는 꺼내지 않았다.

어머니는 완전히 달라져 버렸다. 그는 그것이 어머니 나름의 살아가는 방식이라고 여겼다. 어머니는 다시 보험 외판을 하기 시작했고 이전보다 더 억척스럽게 돈을 벌었다. 그가 중학교에 진학할 무렵에는 어머니가 우수 사원으로 선정돼 제주도로 관광여행을 다녀오기도 했다. 그즈음부터 어머니의 얼굴에는 희미한 미소가 깃들기 시작했다. 어머니가 지금의 김씨 아저씨를 만난 건 그 무렵부터였을 것이다. 어머니의 변화는 생각보다 빨랐다. 그런 어머니를 볼 때마다 그는 얼음물을 마실 때처럼 가슴 한편이 서늘해지는 느낌이 들었다. 어린 마음에도 야속하다는 느낌이 무엇인지 알 것 같았다. 그가 아는 어머니는 그대로여야 했다. 설마하니 어머니가 이제 와서 팔자를 고치겠거니 싶었다. 그것은 그의 외할머니인, 어머니의 어머니가 팔자를 고치려다가 그보다 더한 절망의 나락으로 떨어지고 말았다는 사실을 누구보다 당신이 잘 알고 있으리라는 믿음 때문이었다. 언젠가 아버지의 반복되는 발작으로 심신이 지쳐 버린 어머니가 하소연하듯 내뱉은 말속에는 왜 자신을 아버지 같은 사람에게 시집을 보냈냐는 원망과 넋두리가 담겨 있었다.

김씨 아저씨는 이삿짐센터 운전사였다. 이삿짐센터에 자기 차를 가지고 들어가 영업을 했다. 이사철엔 눈코 뜰 새 없이 바빴지만 겨울철에는 일주일에 한 건 하기도 힘들었다. 어머니와 김씨 아저씨가 가까워지는가 싶더니, 어느 날엔가는 김씨 아저씨가 연립 바로 아래층으로 이사를 왔다. 눈짐작으로 보니 아저씨가 어머니의 보험 영업에 적잖이 도움을 주는 것 같았다. 그러나 웬일인지 아저씨는 답답할 정도로 말이 없었다. 이편에서 싫은 표정을 지어도 덤덤히 받아들였다. 그저 입가에 물이 고이듯 엷은 미소가 시종 드리워져 있을 뿐이었다. 그는 그것이 자신에 대한 미안함의 표현이라고 나름 생각을 했다. 그렇게 수년의 시간이 흘렀다. 며칠 전 그는 병무청에 들렀다 오는 길에 허허로운 나머지 술을 몇 잔 했었다. 술기운

에 아래층 아저씨를 찾아갔지만, 여전히 빙그레 엷은 웃음을
짓고는 슬그머니 자리를 피했다.

사실 그가 김씨 아저씨를 안 것은 꽤 오래되었다. 어머니가
보험 외판을 하기 전에도 서너 번 아저씨를 본 기억이 있다.
언젠가 아버지의 발작 증세가 아주 심했었는데 어머니가 어딘
가로 급히 전화를 했었고 그때 김씨 아저씨가 상기된 얼굴로
나타났던 것이다. 그때 아저씨는 행운 이삿짐센터 로고가 박
힌 용달을 몰고 왔었다. 차량 바닥에는 검은 밧줄이 칭칭 똬리
를 틀고 있었다. 그것은 이제 막 바다에서 건져 올린 푸슬푸슬
한 해파리들을 잇대어 놓은 것 같았다. 그는 혹여 그 시커멓고
낭창한 밧줄이 자신과 어머니의 운명을 칭칭 옭아매는 것은
아닌지 더럭 겁이 났다.

"기름 좀 넣읍시다."

그는 자신도 모르게 눈이 번쩍 뜨였다. 잠시 졸았던 모양이
다. 본사에서 파견을 나온 계약직 아저씨는 이미 돌아가고 없
었다. 불 꺼진 주유소는 난파선처럼 무거운 침묵 속에 가라앉
아 있었다. 이따금씩 도로를 달리는 차들의 소음만이 밤의 적
막을 깨뜨렸다. 시건장치가 돼 있기 때문에 밖에서 문을 두드
리면 자동으로 경보음이 울렸다. 창문 너머로 누군가 기름 좀
넣어 달라고 통사정을 하는 모습이 보였다.

그는 주섬주섬 옷을 입고는 밖으로 나왔다. 초겨울에 접어드는 날씨라 공기의 느낌이 제법 팽팽했다. 영업이 끝난 한밤중에 주유소를 찾는 이들은 대부분 기름이 떨어져 엔진이 서버린 경우다. 모른 척 넘어갈 수도 있지만, 자칫 앙심을 품고 기기를 파손할 수가 있어 웬만하면 나와 보는 게 상책이다. 어둠 속으로 익숙한 얼굴이 보였다. 뜻밖에도 주유기 앞에 김씨 아저씨의 아들이라는 청년이 와 있었다. 그리고 바로 옆에는 오토바이가 정차되어 있었다. 한동안 모습이 보이지 않더니 무슨 일로 한밤중에 나타났는지 신경이 곤두섰다. 남자는 주유소에 올 때마다 요란하게 스피커 음을 울려 댔다. 상단을 개조한 오토바이는 사뭇 높아 위압적으로 보였다. 깜빡이와 비상벨 등 현란한 장치가 부착되어 있어서 그런지 외국에서 수입한 오토바이처럼 보였다. 그는 간단히 아는 체를 하고는 습관적으로 주유기를 들었다.

"듣기로 형씨가 곧 군대를 간다고 하던데. 입대를 언제 하든 그거야 형씨 사정이지만, 가기 전에 우리 아버지하고 당신 어머니 문제만큼은 확실하게 해결하고 가야 하는 것 아닌가? 누군 뭐 배알도 없는 줄 아나 본데 남의 아버지를 당신 아버지로 만들었으면 보상을 해야지 보상을…. 그리고 나도 남자니까 하는 말인데, 여자 좋아하는 우리 아버지 마음 다 이해하거든. 근데 이건 해도 해도 너무하는 것 아닌가? 이젠 형씨 어머니랑 아예 딴살림을 낸다고 하던데."

술 냄새가 진동했다. 짧은 스포츠 머리가 청년의 인상을 더욱 강하게 보이게 했다. 청년은 갈수록 거칠어지고 반항적인 모습으로 바뀌어 가고 있었다. 그가 어머니에 대한 반감을 가지고 있듯이 청년 또한 자신의 아버지에 대한 적의가 만만치 않은 것 같았다.

"어른들 일은 어른들이 알아서 하지 않겠어요? 그리고 그런 말은 나에게 하는 것보다 어르신한테 먼저 말하는 게 순서가 아닐까요."

그는 정중하게 그러나 단호하게 말했다. 그 사이 휘발유가 빨려들듯 주유구 속으로 흘러들어갔다. 청년은 그의 말에 어처구니없다는 표정으로 깔깔거렸다. 그리고는 이렇다 할 말 없이 오토바이에 올랐다. 그 또한 돈을 받을 생각도 하지 않았다. 청년은 시위하듯 엑셀레이터를 잡아당겼다. 청년은 오토바이 받침대를 옆으로 길게 늘어뜨렸다. 받침대가 아스팔트에 닿자 불빛이 튀었다. 흐린 밤하늘 위로 굉음과 함께 선연한 불꽃이 피어올랐다.

비가 조금씩 굵어지기 시작했다. 졸음이 밀려왔다. 그는 잠을 쫓아낼 요량으로 담배를 피워 물었다. 주유소에서는 절대 담배를 피워서는 안 된다는 것을 알지만 잠을 이겨 내기 위해서는 별 수 없었다. 소장은 웬만한 실수는 모른 척 넘어가지만 담배를 피우는 것만큼은 그냥 넘어가지 않았다. 그의 생활신조가 불조심이었다. 주유소 외에도 다른 사업체가 있는 모양인데, 가장 주의를 기울이는 것 역시 불조심인 모양이었다. 화재든 사람 사이의 불이든, 그는 타서 전소되는 것들을 극도로 두려워하는 것 같았다.

멀리 도심의 불빛이 물에 번진 잉크처럼 흐릿하게 물들어가고 있었다. 그는 가슴 한구석이 뚫린 것처럼 쓸쓸한 기분이 들었다. 깊이 숨을 들이마시자 휘발유가 몸속으로 역류해 들어오는 것처럼 메스꺼웠다. 요즘 들어 강희의 감정을 종잡을 수가 없다. 그러나 그녀는 무슨 말을 하려고 하면 몸이 아프다는 핑계로 말머리를 잘라버렸다. 그는 곧 입영통지서가 나올 것 같고, 군대 가 있어도 기다려 달라는 말을 하고 싶었다. 그러나 지극히 이기적이라는 생각이 들었다. 누군가의 시간을 저당 잡는다는 것은 가장 가혹하고 염치없는 일일 터였다.

그새 몇 대의 차량이 들고났다. 어떻게 기름을 넣었는지 아무런 생각이 없다. 머릿속은 온통 녹슨 부유물이 둥둥 떠다니는 느낌이다. 언뜻언뜻 백색병원에 감금돼 있는 아버지의 모습이 떠오르기도 했다. 그 휑한 모습이 자꾸만 빗줄기 사이로 어른거렸다. 도대체 어디로 가야 할까. 획획 허공을 가르며 달려온 초겨울 바람이 자꾸만 그의 등 뒤로 엉겨들었다. 그 바람을 타고 휘발유 냄새가 후욱 번져 왔다. 불현듯 그는 자신의 몸이 거대한 기름 탱크 같다는 생각이 들었다.

그는 자판기에서 커피를 하나 뽑아 들었다. 집에서 나오기로 결심한 이상 다시는 들어가지 않을 것이다. 병무청에서 날아올 입영통지서만을 기다릴 거였다. 그리고 아무것도 생각하지 않을 참이었다. 오로지 강희에 대한 그리움만을 붙들고 이 쓸쓸하고 황량한 시간을 통과해 가리라.

출근하는 차들이 하나둘씩 줄을 잇기 시작한다. 흐릿한 인화지 같은 아침이다. 비가 내려서인지 다른 날에 비해 차가 밀리는 감이 없지 않았다. 조금 있으면 주유소 입구는 밀려오는 차들로 차고 넘칠 거였다. 주유소는 인근 다른 곳에 비해 그런대로 장사가 잘 되는 편이다. 네거리라는 지리적인 위치뿐 아니라 삼천여 세대라는 대단지 아파트를 끼고 있어 입지 조건으로는 안성맞춤이다.

"어이 아르바이트 학생, 요 앞 사거리에서 새벽녘에 폭주족이 또 한 명 죽었다데. 중앙선을 넘어 달리다가 맞은편에서 달려오는 차에 부딪쳐서 현장에서 즉사했나 봐. 헬멧도 안 쓰고 신호등도 안 지킨 모양인데 스스로 명을 재촉한 거지 스스로."

얼룩이 진 차창 사이로 소나타 운전자가 말쑥한 얼굴을 내민다. 지역농협에 근무하는 아파트 주민이다. 운전자의 얼굴에는 긴한 뉴스를 전달해 주는 사람 특유의 만족스러운 표정이 어려 있다. 주유기를 잡고 있는 그의 손이 자신도 모르게 떨렸다. 그의 머릿속에 어제 보았던 청년의 모습이 떠올랐다.

도로엔 흉터 같은 파편들이 어지럽게 널려 있었다. 그곳은 사거리에서 조금 떨어진 급커브 지점이었다. 한낮에도 성길 급한 운전자들은 유턴 지점까지 가지 않고 바로 차를 돌리는 곳이라 곧잘 사고가 일어났다. 흩어진 파편 아래로 빗살무늬 바퀴의 흔적이 선명했다. 오토바이 바퀴 자국이 분명했다. 갑자기 귀가 열리고 어디선가 굉음 같은 싸이렌 소리가 물밀 듯이 흘러 들어왔다.

병원 영안실에는 어머니와 김씨 아저씨 그리고 경찰들과 낯선 사람들이 있었다. 어젯밤까지도 호기롭게 오토바이를 몰던 청년이 사각의 영정 사진 속에 들어 있었다. 그는 어떤 말도 할 수가 없었다. 무슨 말을 한다 해도 그것은 혓바닥에서 굳어 버릴 것만 같았다. 김씨 아저씨는 거의 정신이 나간 얼굴이었다. 그는 김씨 아저씨에게 다가가려다 말고 멈추었다. 아니 발걸음이 떨어지지 않았다. 잠시 그와 김씨 아저씨의 어색한 시선이 허공에서 교차했다. 어머니는 아무 말 없이 눈물만을 훔쳤다. 어머니는 허공에 떠 있는 것처럼 조금의 미동도 하지 않았다. 그는 자신의 눈도 흐려지는 기운을 어렴풋이 느꼈다. 얼마 후 김씨 아저씨가 다가와 그를 병원 한적한 곳으로 이끌었다.

"비록 영안실에 있는 저놈이 내 아들은 아니었다만, 그래도 한때는 부자 연으로 살았었다…. 저놈에게는 내가 지 어미를 버리고 네 엄마한테 다시 돌아온 것이 큰 상처였던 모양이야. 어느 정도 무덤덤해질 때도 됐다고 생각했는데 그게 아니었던 거야. 모든 게 다 내 잘못이지, 내 잘못이야…."

그는 도시 김씨 아저씨의 말을 알아들을 수가 없었다. 무엇보다 네 엄마한테 다시 돌아왔다는 말이 무슨 뜻인지 이해하기 어려웠다.

"아저씨 지금 무슨 말을 하는 거예요? 그럼 김씨 아저씨가 내 아버지란 말이에요?"

그는 자신도 모르게 언성을 높였다. 아닌 밤중에 홍두깨도 아니고 무슨 헛소리를 아무렇지 않게 할 수 있는지 이해가 되지 않았다. 언제 왔는지 어머니가 그의 옆에 다가와 있었다. 어머니는 무슨 말을 하려다 말고 잠시 입을 다물었다. 뭔가 중요한 말을 할 때면 나오는 습관이었다.

"김씨 아저씨, 아니 네 아버지 말이 맞단다. 네가 어제 집을 나가는 바람에 나나 네 아버지는 마음이 몹시 아팠어. 지금까지 말을 안 했다만 오늘은 다 이야기하마. 네가 군대를 갔다 오고 그래서 좀 더 세상에 대한 이해를 하게 되었을 무렵에 하려고 했는데…. 사실, 이분은 너를 낳아준 친아버지가 맞아. 믿지 못하겠지만 그래도 이것은 사실이야. 그리고 정신병원에

174

있는 그분은 나와 결혼은 했었다만 네 아버지는 아니란다. 내가 아주 어렸을 때 외할머니는 외할아버지가 돌아가시자 나를 데리고 재가를 하셨지. 예나 지금이나 여자가 자식을 데리고 재혼을 한다는 것은 쉬운 일이 아니야. 세월이 흘러 내가 시집 갈 나이가 되었을 무렵이었어. 여기 있는 네 아버지와 나는 서로 결혼하기로 약속을 한 사이였단다. 그러나 내 어머니와 의붓아버지는 지금 병원에 있는 입원해 있는 그 사람과 강제로 혼인을 시킨 거야. 그 사람은 당시에 아무런 친척도 피붙이도 없는 혈혈단신이었어. 나의 어머니와 의붓아버지는 그 사람한테 나를 시집보내면 돈 들어갈 일이 없다는 생각을 했던 것 같아. 더구나 혼인 말이 오갈 무렵 그 사람이 교통사고를 당해 꽤 많은 보상금을 받았거든. 그러나 나는 몇 날 며칠 방안에 틀어박혀 시집을 안가겠다며 울었어. 헌데 여기 있는 네 아버지가 군대를 간 사이에 강제로 혼인을 하게 되었던 거야. 너를 임신한 사실도 모르고 그렇게 말이다.”

어머니는 거짓말을 그럴듯하게 꾸며 내는 것처럼 담담하게 말을 했다. 이 말을 믿으란 말인가. 그는 도시 이해할 수 없었다. 아니 어지러웠다. 세상이 온통 거짓말로 들어차 버린 것 같았다. 오토바이의 굉음 소리가 그의 귓가로 흘러들었다.

주유소에는 일찍 출근한 소장이 자신의 차에 기름을 넣고 있었다. 늘 소장은 출근하자마자 기름을 가득 채웠다. 이곳 아르바이트를 시작한 이후로 아침이면 보아온 모습이다. 소장은 자기 할 일을 누구한테 시키는 경우가 없다. 어느 땐 아르바이트 학생처럼 똑같이 궂은일을 한다. 오전에 정유회사에 들어갈 일이 있다고 그러더니 높은 분을 만날 모양인가 보았다.

그는 갑자기 속이 울렁거렸다. 공복 시에 기름 냄새를 맡으면 속이 뒤틀리고 어지러울 때가 있다. 야근을 하고 난 다음 날에는 더욱 그 증세가 더욱 심했다. 어느 날은 몸에서 뿐 아니라 모든 것에서 기름 냄새가 나기도 한다. 한 번 몸에 배면 쉽게 가시질 않는다.

사무실에서는 강희가 서류정리를 하고 있다. 여느 날과 달리 수척해 보인다. 화장을 하지 않은 맨얼굴이다.

"어디 아프니?"

그는 조심스레 묻는다. 그녀는 얼굴을 들지 않고 가볍게 고개를 젓는다.

"아니. 그냥 잠을 못 자서 조금 피곤할 뿐이야."

"…저 강희야, 사실은 나 너한테 할 이야기가 있는데."

그는 지금 시간이 아니면 강희에게 말을 할 수가 없을 것 같다. 그는 살며시 그녀의 안색을 살폈다.

"……"

"……"

"아니 그보다 내가 먼저 하고 싶은 말이 있거든."

강희가 지그시 입술을 깨문다. 핏기가 가신 입술이 굳게 닫혀진다.

"……."

"이제 너와의 관계를 정리하고 싶어. 나는 진즉부터 네가 나와 비슷한 아픔을 갖고 있다는 걸 알고 있었어. 처음엔 그저 좋은 친구 사이로 지낼 생각이었는데 어쩌다…. 나도 어렸을 때 부모님이 이혼을 하는 바람에 의붓아버지 밑에서 자랐어. 정말 두 번 다시 떠올리고 싶지 않은 시간이었어. 이상하게 처음엔 너에게 끌렸는데 지금은 아니야…. 그리고 나 곧 소장님과 결혼할 거야. 소장님은 나의 모든 것을 이해한다고 했어. 너와의 관계까지도. 유치원에 다니는 어린 아들만 잘 키워 준다면 소장님은 아무것도 바라지 않는다고 했어. 예전에 우리가 갔던 그 무인텔도 사실은 소장님 사업체야."

그녀는 눈 한 번 깜박이지 않았다. 그는 자신이 알고 있는 강희가 바로 앞에 있는 사람이 맞는지 의문이 들었다. 언젠가 그녀가 했던 말이 스쳤다. '너에게선 왠지 불안한 기운이 감돌아. 뭐랄까, 뭔가 세상과 불화하고 있는 것처럼 보여. 너랑 있으면 어느 정도까지는 좋은데, 그 이상을 넘어가면 마구 불안해져. 망망한 바다를 표류하는 배에 타 기분이 들거든.'

차들은 변함없이 들고난다. 기름을 넣을 때마다 주유 계기

판이 슬롯머신처럼 돌아간다. 무수한 숫자의 배열. 그는 커다란 운명의 숫자판이 끊임없이 회전하고 있다는 생각이 든다.

또 한 대의 차량이 빠르게 들어온다. 행운 이삿짐센터 로고가 부착되어 있다. 얼마 후 트럭은 가득 기름을 넣고 경적을 울리며 '만남의 광장 주유소'를 빠져나간다. 김씨 아저씨, 아니 아버지가 소속되어 있는 회사인가 보다. 어디선가 바람이 불어온다. 그 바람에 향긋한 기름 냄새가 밀려온다.

블루 핸드

서울역엔 희끄무레한 어둠이 내리고 있었다. 이곳에서 P시까지는 넉넉잡고 세 시간 남짓한 거리. 날을 꼬박 새고 달려야 하는 완행에 비할 바는 아니지만, 새마을호 열차는 적잖이 몸과 마음을 지치게 할 거였다. 아직 KTX가 놓이지 않아 별 수 없이 기차를 탈 경우에는 새마을호를 이용해야 했다. 열차 하나 들여놓는 데도 별의별 정치논리가 작동하는 것이 엄연한 눈앞의 현실이다.

창밖엔 어느새 희끗희끗 눈발이 흩날렸다. 봄이라지만 아직 바람은 차다. 차창으론 2월의 끝자락이 불안스레 내걸려 있다. 낮이면 햇빛이 비좁은 골목에 들어차곤 하지만, 밤이면 채 물러가지 않은 바람이 도심의 골목을 제멋대로 휘젓고 다녔다. 훈김이 어린 사각의 차창마다 조명 때문인지 성에가 붉은 꽃으로 피어나 있었다. 그것은 다사롭기보다는 음산하고 괴기

스러운 느낌을 불러일으켰다. H는 등받이 깊숙이 몸을 묻으며 차창에 어린 선지 빛깔의 꽃을 하나하나 지웠다. 그러자 살짝 꽃잎을 틔우기 시작한 이름 모를 꽃들이 흔적없이 사라져 버렸다. 찬기운 때문인지 등골이 오싹해지며 온몸에 소름이 돋았다. H는 손수건을 꺼내 손을 닦았다. 그리고는 습관처럼 손바닥에 엉긴 마늘 크기만 한 푸른 흉터에 눈길을 준다. 운명선이 갈라지는 부위에 드리워진 일 센티미터 정도의 흉터는 불빛 때문인지 유독 푸른빛을 발한다.

"사회생활 하는데 가장 중요한 게 뭔지 아나? 한마디로 그건 줄이야, 줄. 출세하는 사람 뒤에는 다 그만 한 라인이 있는 거라구. 동아줄인지 썩은 줄인지 구별하는 동물적인 감각은 업무 능력보다 더 중요한 거야."

며칠 전 점심을 먹으며 팀장이 흘린 말이었다. 단순히 농담으로 듣기엔 그의 표정은 너무도 진지했다. 술잔을 비워 가며 위엄을 갖추던 팀장의 모습은 흡사 살릴 사람과 죽일 사람을 선택하는 명부(冥府)의 사자처럼 보였다. 술기운에 불그스름해진 그의 목젖에선 불온한 욕망마저 배어 나왔다. 그는 초등학생인 아들이 결혼을 하고, 그 아들이 낳은 아이가 결혼을 할 때까지, 필요한 자금 목록을 계산해 둘 정도로 치밀한 사람이었다. 생산직 사원으로 입사해 몇 년 전까지 봉제 생산라인에서 근무하다 능력을 인정받아 홍보실로 오게 된, 말하자면 블루칼라에서 관리직 파트로 신분상승을 이룬 입지전적인 인물이었다. 머잖아 차기 기획실장으로 내정될 거라는 소문이 파다하게 돌면서, 벌써부터 그에게 줄서기 경쟁을 하는 직원들도 있었다.

열차는 기적 소리를 날리며 선로 위를 미끄러져 가기 시작했다. 낭창한 쇳바퀴 소리가 플랫폼에 가득 울려 퍼지고, 실내의 소란스러움이 일시에 사그라들었다. 떠난다는 것은 누구에게나 쓸쓸하고 숙연한 일일까. H는 독주를 마셨을 때처럼 아랫배 언저리가 싸하게 번져 오는 느낌을 받았다. 남쪽의 바닷가에 자리한 P시는 한결 추위가 누그러졌겠지. 서해안 고속도로가 뚫려 예전보다는 찾아가기가 수월해졌다고는 하지만 막상 길을 떠나기엔 그곳은 먼 남쪽의 끝자리였다. 물리적인 거리에 심리적인 거리가 비례하는 것처럼, 서울에서 그곳까진 단순히 여행을 한다 해도 쉽게 찾아갈 만한 곳은 아니었다. 반나절 생활권이라 해도 특별한 이유가 없이는 선뜻 발걸음이 떨어지지 않기도 했다.

어쩌면 주 선배의 전화가 아니었다면 H는 아늑하고 평화로운 주말에, 더구나 아내의 만류를 뿌리치면서까지 밤열차를 타지는 않았을 것이다. H는 지금 한 번도 가 본 적이 없는 남도의 어느 바닷가 도시를 향해 떠나고 있다.

H는 자꾸 눈을 떴다 감았다를 반복했다. 레일 위를 질주하

는 바퀴의 진동이 고스란히 몸속으로 스며들어 흡사 자신의 몸이, 수십 개의 바퀴를 단 기차가 되어 어둠의 레일을 질주하는 것 같았다. 훈김이 어린 차창엔 푸르고 붉은 꽃들이 다시 맺히기 시작했다. 어쩌면 이미 살생부는 작성되어 있을지 몰랐다. 마지막 통보절차만 남겨 두고 명분을 찾고 있을지도, 아니면 살릴 사람과 죽일 사람의 순서를 은밀히 바꾸는 작업을 하고 있을 수도 있었다. 나는 과연 어느 쪽에 속할까. 만약 회사를 떠나게 된다면 무슨 일을 해서 먹고 살아야 할까. 실직이라도 하면 아내에겐 뭐라고 말을 할 것이며, 이제 유치원에 다니는 아들 녀석은 어떻게 키워야 할지, H는 자신도 모르게 눈을 감았다 떴다를 반복했다. 감원 이야기가 흘러나오면서 저마다 내가 누구 패밀리네, 누구의 줄을 잡았네, 라는 뜬소문들이 이어졌다. 서둘러 보호막을 치는 것은 살아 있는 생명체들의 본능일 거였다.

주 선배는 며칠 전 사진을 찍고 돌아오는 길에 그 아주머니를 봤다고 했다. 삼십여 년 전에 서울역에서 잃어버린 아들을 찾고 있다는 중년의 아주머니였다. 과묵한 성격 탓에 오히려 냉정하다는 오해를 받는 선배였기에 H는 그가 성급한 판단으로 꺼낸 얘기는 아닐 거라는 생각을 했다. 무엇보다 주 선배는 H가 어머니를 찾는 일에 적잖은 시간과 마음을 쓰고 있다는 것을 누구보다 잘 알고 있을 터였다. 실타래를 하나라도 잡으려고 자꾸 되묻는 H에게 전화기 저편의 주 선배는 흥분하지 말라며 애써 이편을 다독였었다. 더 이상의 질문은 그에게 상상력을 부추기는 것 같아, H는 주말에 내려가겠다는 말을 남기고는 휴대폰을 닫았다. 전화를 끊고 나자 인사말이라도 선배의 사진작업은 잘 되고 있는지 물어볼 것을, 하는 후회가 뒤미처 일었다.

기차가 화려한 도심을 벗어나 암흑의 공간에 접어들고 나서야 H는 비로소 들떠 있던 마음이 수그러들었다. 조금 전까지만 해도 흰 나비 떼처럼 차창에 달라붙던 눈발이 어느새 그쳐 있었다. 기차가 막막한 들판을 달리는지 유리창으로 아무런 빛도 어리지 않고, 메마른 바람을 가르는 소리만 들려왔다. 피로가 몰려왔지만, 잠이 들기에는 정신이 너무도 또렷했다. H는 자신이 아닌 누군가가 줄곧 차창 밖에서 이편을 바라보고 있다는 그런 느낌이 들었다. H에게 어머니는 그런 존재였다. 실체를 알 수 없는, 끊임없이 주위를 맴도는 그림자와 같았다. 그러나 혹여 주 선배가 말한 그 아주머니가 설령 어머니가 아닌데도 H는 크게 실망하지 않을 거라 속다짐을 했다. 지금까지 자신이 고아라는 사실을 인지한 때부터 느낀 크고 작은 마음의 상처에 비한다면 그깟 정도의 실망은 아무것도 아닐 거였다. 사타구니가 거뭇해지기 시작할 무렵부터 H는, 스스로 아픔을 다독이는 법을 터득했다. 웬만큼의 슬픔은 슬픔이 아니라고 최면을 걸었다.

그러나 이상하게도 그즈음부터 H는 이명(耳鳴)에 시달렸
다. 아픔을 절제하고, 감정과 다른 이율배반적인 표정을 지으
면서부터는 그 정도가 심해졌다. 귓속에 들어앉은 울림은 발
차 직전 다급하게 울려 퍼지는 기차의 기적 소리와 흡사했다.
아니 기적 소리였다. 언젠가 병원에 들러 의사에게 "귓속에서
자꾸 기적 소리가 울린다."고 했더니 나이 지긋한 의사는 "외
관이나 신경계통이 이상이 없는 걸로 보아 과도한 스트레스나
정신적 충격에서 비롯된 것일 수도 있다."며 마음을 편히 가지
라고 했다. 증세의 원인이 뚜렷하지 않으면 모두 다 스트레스
탓이었다. 그러나 그것은 말처럼 쉽지 않았다. 회사의 상황이
심상치 않게 돌아가고 있다는 것을 감지하면서는 윗사람이 부
르기만 해도 신경이 곤두섰다. 사람들은 틈만 나면 삼삼오오
짝을 지어 정리될 명단에 대해 의견을 주고받는 눈치였다. H
는 그때마다 세상의 모든 인연으로부터 자신의 존재가 끊겨
버린 듯한 쓸쓸함과 단절감을 맛보았다.

그리고 예외없이 이명 증세가 나타나곤 했다. 잠복해 있던
소리들은 몸을 울림통 삼아 격렬하게 존재를 알려왔다. 어머
니는 왜 하필 기적 소리가 끊이지 않는 번잡한 역에 버렸을까.
도심 변두리의 조용한 공원이나, 사람의 발길이 뜸한 산사 같
은 곳이었다면 이 지긋지긋한 귀울림은 깃들지 않았을 텐데.

모르긴 몰라도 처음 역에 버려졌을 당시의 두려움과 막막함이 이 귀울림을 틔웠을 것이다. H는 그렇게 생각하곤 했다. 아닌 게 아니라 거대한 천막이 찢겨나가는 것처럼 날카로운 소리는 시간이 지날수록 증세가 심해졌다. H가 어머니를 찾고자 하는 열망이 강하면 강할수록 점점 더 또렷하게 똬리를 틀었다.

차창엔 창백하고 푸석푸석한 얼굴이 그대로 드리워져 있었다. 마치 검은 유리창에 영정 사진을 부착해 놓은 듯했다. H는 낯설고 이질적인 느낌이 싫어 이내 손바닥으로 유리창을 닦아 냈다. 찬 기운이 손바닥에 도드라진 푸른 흉터를 적시며 아리게 파고들었다.

순간, 열차가 터널을 지나는지 스타카토처럼 빠르고 경쾌한 울림이 실내에 울려 퍼졌다. 생각보다 터널은 길었다. 일정한 간격을 두고 팽팽한 울림이 이어졌다. H의 뇌리에 미궁과도 같은 지난 시간들은 주마등처럼 흘러갔다. 서울은 잔인한 도시였다. 늘 내 편을 만들고, 누구 편에 속해야 되었다. 자신을 그럴듯하게 감추어야만 살아남을 수 있는 도시가 서울이었다. 다른 이에게 덜미를 잡히지 않으려면 이편이 먼저 누군가의 발목을 잡아야 했다. 배제와 경계의 틈바구니에서 살아남기 위해선 스스로가 덫이 되어야 했다.

"회사에서 왜 나를 홍보실 팀장으로 발탁했다고 생각하나? 별로 홍보 업무와도 인연이 없는 나를. 모르긴 몰라도 이전과는 다른 그림을 그리겠다는 고위층의 의도가 담겨 있지 않을까."

며칠 전 팀장이 술자리에서 건넨 말이었다. 생산라인의 실무경험과 뛰어난 영업능력을 인정받아 초고속 승진을 한 그였다. 그가 생산라인에 있을 때 사람들은 미다스의 손이라고 했다. 제단에서 박음질, 마름질에 이르기까지 봉제 기술 하나만큼은 타의 추종을 불허했다. 수년 전 회사는 창사기념일에 그에게 청동으로 본뜬 손 모형을 선물했고, 열흘간의 해외여행을 보내기도 했다. 영업부로 자리를 옮긴 뒤에는 간부들 술자리에 빠짐없이 불려 다닐 만큼 신임을 얻은 모양이었다. 그러나 정통 화이트칼라 출신이 아니라는 사실을 의식한 때문인지 어느 땐 조금 위축돼 보이기도 했다. 며칠 전 술자리에서도 그는 당당함과 비굴함의 경계를 오갔다. 소문으로 떠돌던 구조조정이 가시화될 거라는 사실을 넌지시 알려 주면서 눈시울을 붉히기까지 했다. H는 전에 없던 그의 모습이 적잖이 당황스러웠다.

그와 헤어진 후 H는 정처 없이 밤거리를 걸었다. 팀장의 말은 마치 자신을 향해 건네는 경고로 들렸다. H는 자신이 거주하는 원룸 앞 주막으로 발걸음을 옮겼다. 왠지 취하지 않고는 잠들 수 없을 것 같았다. 술은 목울대를 타고 빈속으로 흘러들었다. 숯불 연기는 주술처럼 주위를 아늑하게 감싸들었고, 천장 위에 내걸린 기다란 연통 속으로 쉴 새 없이 빨려 들어갔다. 창밖을 바라보며 멍하니 앉아 있는 H를 향해 주인은 "아이구 어떻게 해요? 고기가 다 타네." 하면서 연신 불판에 엉긴 고기를 뒤집어 주었다. 주인은 은빛의 가위로 싹둑싹둑 고기를 잘라주었다. H는 잘려 나간 고깃덩어리가 자신을 향해 울부짖는 것 같은 착각이 들었다.

주인의 가위질은 더욱 거침없이 이어졌다. 홍보실의 소소한 즐거움 가운데 하나라면 술을 마시는 거였다. 사보나 홍보 자료를 제작하고 나면 으레 술자리가 있었다. 기획회의가 끝났을 때도 한잔, 인쇄물이 발행될 때도 한잔, 상사에게 싫은 소리를 들었을 때도 한잔, 술은 털어 내야 할 순간들을 일정 부분 지워 주었다. H가 취할 정도로 술을 마시는 다른 이유는 귀울림 때문이기도 했다. 몽롱할 정도로 취기가 오르면 이상하게도 이명 증세도 잦아들었다. 그러나 술은 어느 것 하나 잃어버린 기억을 일깨워 주지는 못했다. 늦은 밤, 취한 상태로 낯선 밤거리를 거닐 때 H는 행복하였다. 눈부신 네온과 질주하는 차들의 헤드라이트 속에서 외롭지 않았다. 풀려버린 실타래처럼 느긋해지고 아늑해지는 그 순간만큼은 잠시나마 자신의 존재를 잊어버릴 수 있었다.

H에게는 이상한 술버릇이 하나 있었다. 잔뜩 취한 날이면 의지와는 무관하게 발걸음이 서울역으로 향하곤 했다. 두 번 다시 그곳으로 가지 말자고 맹세를 하지만 발걸음은 번번이 H

의 의지를 무너뜨렸다. 한밤중인데도 그곳엔 밤기차를 타려는 사람들이 적지 않았다. 대합실에 앉아 꾸벅꾸벅 졸고 있거나 배낭을 베개 삼아 아예 잠이 든 이들도 있었다. 그들 가운데는 분명 버려진 사람도 있을 거였다. 그러다 열차 발차 소리가 들리면 H는 아무 표나 끊고는 플랫폼으로 뛰쳐나가고픈 충동이 일었다. 어느 날은 개찰구에 기대어 서서 어두운 시간을 뚫고 미지의 곳으로 쏜살같이 달려나가는 기차를 하염없이 바라보곤 했다. 어머니에 대한 그리움이 밀려올 때면, 이명 증세와 더불어 어디론가 떠나고 싶은 생각에 사로잡혔다.

주 선배가 있었다면 덜 외로웠을 것이다. H는 부원들 가운데 그나마 주 선배와 속내를 나누는 사이였다. 딱히 뭐라 꼬집을 순 없지만, 주 선배에게는 묘한 끌림이 있었다. 다소 아웃사이더적인 기질 외에도 남모른 아픔을 지니고 있었다. 주 선배는 항상 카메라를 휴대하고 있기 때문에 술을 마시다가도 마음에 맞는 그림이 떠오르면 셔터를 눌렀다. "찰칵" 그 셔터 누르는 소리가 요즘처럼 그리운 적이 없었다. 그러나 팀장이 새롭게 오고 나서, 주 선배는 설 곳을 잃어버렸다. 나이도 팀장보다 많았고, 사진에 대한 관점도 두 사람은 판이하게 달랐다. 사진 때문에 겪은 수모를 짐작해 보면 주 선배는 이미 셔터 누르는 일을 작파하고도 남았다. 선배는 단순한 인터뷰나 행사 사진보다는 한번쯤 생각을 요하는 사진을 찍고 싶어 했다. 나름의 시각이 투영된, 메시지가 담긴 사진만이 살아남는다는 지론을 갖고 있었다.

그러나 팀장은 번번이 제동을 걸었다. 사진은 명확해야 되고, 찍는 사람의 주관은 배제되어야 한다는 논리였다. 판단은 책자를 받아보는 독자의 몫이지 그걸 이편에서 강요해서는 안 된다는 지극히 객관적인 입장을 견지했다. 있는 사실을 보여주는 그 이상도, 이하도 아니라고 했다. 그러나 주 선배는 그걸 못 견뎌 했다. 아니 팀장의 말을 듣지 않았다. 사진엔 그것을 담아내는 자의 고유한 목소리가 투영되어 있어야 한다는 것을, 그리고 그것은 렌즈를 통해 세상을 바라보는 자의 당연한 의무라고 생각했다. 결국 주 선배는 팀장이 오고 나서 얼마 안 돼 제 발로 회사를 나갈 수밖에 없었다. 팀장이 입버릇처럼 강조한 변변한 빽도, 끈도 없었기에 그에 대한 인사는 일사천리로 이루어졌다. 그의 사진에 대한 열정과 재능을 아는 이들은 붙들어야 한다고 말을 했지만, 혹여 자신들에게도 불통이 튈지 몰라 적극적으로 나서지 않았다.

얼핏 잠이 들었던 것 같다. 잠결에 H는 열차가 남쪽의 바닷가 도시에 당도했다는, 승무원의 코맹맹이 안내방송을 들었다. 새벽 다섯 시가 가까워오고 있었다. 창밖의 눈발은 그쳐 있었다. 차창에 드리워진 꽃무늬 위로 울긋불긋한 조명이 차갑게 떨어지고 있었다. 열차에서 내리자 경쾌한 신호음이 울리더니 반대편의 열차가 막 구내를 빠져나가는 모습이 보였다. H는 몸속에 깃들어 있던 어떤 울분과 분노가 모두 흩어져 버린 듯, 이상하리만큼 아늑한 느낌이 들었다. 그것은 물속에 두 귀를 묻고 있을 때와 같은 적요(寂寥)의 상태와 흡사했다. 개찰구를 향해 발걸음을 내딛을 때마다 어둠 속에 뼈처럼 드러누운 검은 선로 사이로 폐유 냄새가 뭉글뭉글 피어올랐다. H는 빈 공터에 차곡차곡 쌓여 있는 보수 자재들을 보면서 이곳이 P시가 아닐지도 모른다는 생각을 잠시 했다.

주 선배는 쥐색 잠바에 벙거지 모자를 쓴 채 담배를 피우고 있었다. 어둠 속에서도 그의 모습은 눈에 띄었다. 큰 키에 깡마른 체구 탓에 외국인 노동자 같은 분위기가 풍겼다. 풀어 헤쳐진 연기 때문인지 잠시 그가 환영으로 보였다. 불과 몇 달 안팎인데도 그에게선 조금은 다른 느낌이 묻어났다. H는 문득 선배가 찍은 사진 속의 어느 주인공을 닮았다는 생각이 들었다.

"밤기차 타고 오느라 고생 많았지."

"고생은 무슨. 날씨도 추운데 기다리는 선배가 더 고생했지."

"이곳 날씨야 서울에 비하면 봄날이나 마찬가지야. 근데 예전보다 좀 야윈 것 같다. 무슨 일 있는 것 아니니?"

"…… 곧 구조조정이 있을 거라는 소문이 파다해. 홍보부도 없앨 것 같고. 만약 잘리면 이곳에 내려와 선배 사진 찍는 조수나 할 생각인데 받아줄 라나?"

"무슨 소리야 버틸 때까지 버텨야지. 다들 그렇게 밥벌이하며 살잖아."

주 선배는 H의 등을 다독였다. 그도 H가 그냥 흘린 말이라는 것을 모르지 않을 거였다. 얼마 전까지만 해도 H는 실직에 대해 생각해 본 적이 없었다. 그가 몸담고 있는 회사는 국내 의류업계 중 몇 손가락 안에 드는, 대학생들의 직장 선호도에서도 상위에 랭크될 만큼 인기가 좋은 곳이었다. 지난 연말부터 대내외적인 변수로 매출이 급감한 나머지 긴축경영을 한다는 소문이 없었던 것은 아니다.

H는 주 선배를 따라 택시 승강장으로 향했다. 선배는 작업실이 항구 인근인데, 십 분 남짓 걸린다고 했다. 승강장엔 방금 기차에서 내린 승객들이 잔뜩 웅크린 모습으로 두 발을 동동거리고 있었다. 바람이 불어오자 바닷가 특유의 비린내가 코끝을 스쳤다. 거리에 늘어선 모텔과 여관들이 휘황한 불빛을 되쏘며 항구의 도시를 물들이고 있었다. H는 창밖으로 스치는 낯선 풍경을 일별하며 선배가 보았다던, 혹여 자신의 어머니일지도 모른다는 아주머니를 생각했다. 그러나 막상 말을 꺼내고 나면 이상한 분위기에 휩싸여 버릴 것 같아 아주머니에 관한 이야기는 묻지 않았다. 선배가 먼저 말을 꺼내기 전에는 그냥 침묵을 지키는 편이 좋을 듯했다.

선착장이 얼추 가까워졌는지, 도로 양편으로 서울과 인천

번호판을 단 차량들이 드문드문 보였다. 주말을 이용해 이곳의 특산물인 세발낙지와 싱싱한 횟감을 맛보기 위해 서해고속도로를 내달려왔을 차들이었다. 선배는, 작업실 뒤편으론 바다가 펼쳐져 있는데 그 풍경이 너무도 근사하다고 자랑을 했다. 혼자 살기에는 제격이라고 했으니 선배에게는 더할 나위 없는 안식의 공간일 거였다. 횟집이 끝나는 지점 바로 가까이 바다가 인접해 있다는 것을, 멀리 정박해 있는 배들의 흔들림으로 알 수 있었다. 선배는 잠깐 들를 곳이 있다며 H를 횟집으로 이끌었다. 오랜만에 만났는데 먼저 회포를 풀어야 하지 않겠냐는 것이었다.

새벽 항구는 활기보다는 무겁고 칙칙한 인상을 주었다. 숨을 쉴 때마다 물큰하게 번져오는 비릿하고 축축한 냄새가 목젖에 걸렸다. H는 잠시 횟집 앞에 놓인 수족관을 훑어보았다. 네모난 수족관 속으로 도심의 불빛이 스며들어, 물고기는 흡사 너울거리는 창백한 빛의 바다를 둥둥 떠다니고 있는 것처럼 보였다. 납작하게 엎드린 채 조심스럽게 지느러미를 흔들어 대는 녀석들 중에는 얼마 후 뜰채에 걸려 차갑고 딱딱한 도마 위에 올려질 운명을 맞게 될 거였다. 녀석들은 주인의 익숙한 칼놀림에 따라 비닐처럼 얇은 껍질이 벗겨지고 살이 통째로 발라져 뭇 사람의 배 속으로 흔적 없이 사라질 거였다. 끊임없이 산소공급기에서 피워 오르는 물거품은 물고기에겐 단지 죽음의 부표에 지나지 않을 터였다. 그물에 걸려 꼬리를 치는 물고기의 움직임은 어떤 절규로 다가왔다.

술자리가 끝난 후 도착한 선배의 작업실은 생각했던 것보다 규모가 컸다. 뒤편의 통유리 너머로는 어둠에 물든 바다가 펼쳐져 있고, 항구에 정박해 있는 선박들에서는 형언하기 힘든 쓸쓸한 불빛들이 흘러나오고 있었다. 아니 무수히 많은 바늘들이 내리 꽂히는 것처럼 날카롭고 차가웠다. 풍랑이라도 인다면 어둠에 물든 바다는 검은 혀를 날름거리며 이곳을 단숨에 삼켜 버릴 것만 같았다. H는 한동안 통유리 앞에 서서 저편을 바라보며 흐느끼듯 밀려오는 누군가의 알 수 없는 비원(悲願)을 느꼈다. 바다는 거대한 수족관에 방방하게 차 오른 먹물의 이미지를 품은 채 고요히 잠들어 있고, 간간이 선창에 부딪치는 파도 소리가 이명처럼 귓가를 적셔 왔다.

"글쎄, 그 아주머니가 네가 찾고 있는 어머니일 거라 단정하기엔 아직은 무리야. 근데 정황상 네가 어머니를 잃어버렸던 당시와 꽤 일치하는 부분이 있는 것 같아. 삼십여 년 전 서울역 매표소 앞에서 아들을 잃어버린 것이나, 아들의 손에 푸른 흉터가 있는 것이나…… 이곳에 와서 사는 이유가 아들이 종착지인 이곳에 와 있을 지도 모른다는 생각 때문이라는 거야. 아들이 다섯 살이었으니까, 당시의 상황을 희미하게나마 기억할 수도 있겠다는 기대를 하는 거겠지."

주 선배는 술을 한 잔 비워내고는 불쑥 아주머니에 관한 이야기를 꺼냈다. 먼저 자신이 말머리를 풀어야 덜 어색할 것 같다고 생각하는 눈치였다.

"헌데 선배는 그 아주머니를 어떻게 알게 됐어?"

H는 선배의 잔에 술을 따르며 물었다. 그리고 자신의 잔에도 술을 채웠다.

"지난주였을 거야. 사진을 찍고 돌아오는 길에 밥이나 먹으려고 역 앞에 있는 간이식당엘 들렀어. 그런데 주문을 받는 아주머니 얼굴이 어디서 많이 본 인상인 거야. 어디서 보긴 본 것 같은데 생각은 안 나고, 그래 몇 마디 물어봤지. 혹시 어디서 뵌 적이 없느냐고? 물론 아주머니는 나를 처음 봤다는 거야. 오히려 황당하다는 표정이었어. 밥을 먹는 내내 이 생각, 저 생각을 하다 문득 네가 떠올랐던 거야. 아주머니의 얼굴이나 인상이 너랑 너무 닮았다는 느낌이 들었어. 밥을 먹고 계산을 하고 나오는데, 아주머니가 그러더라구. 오래전에 잃어버린 아들이 하나 있는데 혹시 그 애를 아는 사람이면 그런 착각을 했을지 모른다고."

주 선배는 잔을 건넸다. 단숨에 술을 비워 버리는 것은 예나 지금이나 그대로였다. 사람이나, 사물을 보는 그의 안목을 보건대, 혹은 선배의 짐작이 맞을지도 모른다는 생각이 얼핏 스쳤다.

"혹시 그 아들 몸에 무슨 특징이 있다는 말은 하지 않았어? 그런 것 있잖아. 왜, 점이 많다든지 흉터가 있다든지 하는."

"글쎄…… 어릴 때 배앓이가 심해 체를 내는 집에서 곧잘 손을 따주었다는 말을 한 것 같아."

선배는 H를 뚫어지게 바라보았다. 잠시 침묵이 흘렀다. 그리고 선배는 더 이상 아주머니에 대한 말은 하지 않았다. 선배는 부러 이편이 무리하게 기대를 하지 않기를 바라는 심사였다. 선배는 내일 역 앞에 있는 간이식당에 가 보라는 말만을 되풀이했다. H는 뭔가 얽힌 매듭이 풀리는 것 같더니 다시 실마리를 찾을 수 없을 만큼 꼬여들어 가는 기분이 들었다.

H는 술을 마시는 내내 습관적으로 손바닥에 드리워진 마늘 크기만 한 흉터를 보곤 했다. 술이라도 마시는 날은 흉터는 얼룩이 묻어 있는 것처럼 더욱 푸른빛을 띠었다. 지금껏 손바닥에 드리워진 작은 칼자국이 어머니를 찾을 수 있는 단서가 될지도 모른다는 생각을 했었다. 양손 검지 밑부분에 나 있는, 일 센티미터 안팎의 시퍼런 흉터는 어린 시절의 배앓이와 관련이 있을 가능성이 높았다. 의류업체에 입사하기 전, 여러 직장을 전전했던 것은 손의 흉터가 어머니를 찾을 수 있는 단서가 될 수도 있다는 막연한 생각 때문이기도 했다. 지하철 구내에서 승차권을 팔고, 극장 매표소에서 표를 받고, 동사무소에서 인감관련 업무를 보았던 것은 그것이 모두 손을 매개로 하

는 일이라는 이유 때문이었다. 어머니가 자신를 버리지 않았다면, 분명 찾을 것이며, 손바닥에 박힌 푸른 멍을 기억하리라는 생각이었다. 하루에도 수백, 수천 명의 손이 H의 손을 스쳐 갔다. 투부룩하고, 날렵한 손가락들, 희고 깨끗한 손들, 그리고 거칠고 때가 잔뜩 낀 손등, 사람들의 손은 그들의 생김새만큼이나 각양각색이었다.

손에는 지나온 삶의 모습이 고스란히 담겨 있었다. 불쑥불쑥 매표소 안으로 밀고 들어오는 손가락은 흡사 미용실에 꽂힌 예리한 가위를 연상케 했다. 다짜고짜 표를 요구하고는 조금만 지체하는 기색을 보이면 금방이라도 이편의 손을 잘라버릴 것처럼 손가락을 곧추세우고는 가위질 흉내를 내는 이도 있었다. 그럼에도 H는 되도록 저편에서 이쪽 손을 볼 수 있도록 손바닥을 펴고 일을 했다. 그러다 거스름돈을 바닥에 왕창 쏟아 버린 적도 많았다.

동사무소 직원으로 근무할 때는 새 인감을 발급 받으러 온 민원인의 손에 신경을 쓴 나머지 인감을 잘못 떼 주어 적잖은 돈을 물어주고 사직서를 쓴 적도 있었다. 어느 땐 차라리 그만둔 게 나았다는 생각이 들기도 했다. 누군가의 땀이 밴 손을 잡을 때면, 피가 질질 흐르는 물컹한 고깃덩어리를 쥐는 듯한 이물감에 몸을 떤 적도 있었다. 혹시라도 자신의 손에 있는 흉터와 유사한 게 있는가 싶어 민원인의 손바닥을 유심히 살펴

보다가 이상한 오해를 받기도 했다.

어느 순간 주 선배는 곯아떨어지고 말았다. 사진과 회사에 관한 것 등, 많은 이야기를 나누었지만 무엇 하나 선명한 게 없었다. 막연함 때문인지 H 또한 많은 말을 했던 것 같다. 잠은 오지 않았다. 유리창 밖으로 새벽 바다가 서서히 깨어나고 있었다. 어디선가 뱃고동 소리가 들려왔다. 새벽 일찍 누군가 통통배를 타고 어딘가로 떠나는 모양이었다. 만약 직장을 나와 이곳에 와서 배를 탄다면 어떨까? 이것저것 모두 잊고 망망한 바다로 나가 푸른 파도와 쪽빛 하늘만이 펼쳐진 절해의 고도 속에 파묻혀 있는 것도 좋을 것도 같았다. 희부윰한 새벽의 파도가 닻을 내린 채 두릅처럼 꿰어진 배 사이를 오가며 연신 항구를 핥고 있었다. 바다엔 고요한 낯설음과 표류하는 생명들의 영혼이 깃들어 있을 뿐이었다.

H는 잠든 선배를 가만히 내버려 두고 작업실로 들어갔다. 회사를 그만두고 고향으로 내려온 선배가 어떤 사진을 찍어 왔는지 궁금했다. 벽면에 붙은 커다란 책장에는 여러 개의 파일 첩이 가지런히 꽂혀 있었고, 암실에는 검은 커튼이 드리워져 있었다. H는 책장에서 파일첩 하나를 꺼내 들었다. 다른 사람의 일기를 남몰래 들여다보는 것처럼 야릇한 흥분이 일었다. 사진에 대한 선배의 열정을 미루어 보건데 이전과는 전혀 다른 소재의 사진을 찍어 왔을 거였다. 그러나 H는 흠칫 놀라

고 말았다. 생각했던 것과는 달리 파일에는 온통 소름이 끼치는 장면들로 가득했다. 손가락이 모두 절단된 장면을 찍은 것에서부터 형체를 알아볼 수 없을 만큼 흉하게 일그러진 조막손을 담은 사진이 담겨 있었다. 그뿐이 아니었다. 손가락을 뚫고 들어간 재봉틀 바늘에서 생피가 줄줄 흘러내리는 장면을 클로즈업한 것도 있었다. 사진 하단의 날짜로 보아 수년 전, 선배가 누군가의 사고 장면을 포착한 사진임이 틀림없었다.

　H는 문득 검은 커튼 사이로 피 묻은 손이 불쑥 나타나 목을 움켜쥘 것 같은 두려움이 일었다. 선배의 사진은 이전의 사고 현장을 담은 연작들에서 조금도 벗어나지 않았다. 사람들이 선배의 사진에 대해 작품은 고사하고 아예 사진 취급도 하지 않았다는 사실이 새삼 떠올랐다. 팀장은 드러내 놓고 함량미달이라고 비웃으면서 찍새가 할 일 없이 필름이나 낭비하고 다닌다며, 비아냥거렸다. 선배의 사진에 나름의 느낌과 독특한 시각이 있다는 것을 H 또한 모르지 않았다. 그는 사물과 표정이 만나는 접점의 순간을 예리하게 포착해 내는 재능이 있었다. 그러나 솔직히 말하면 주 선배가 선택한 소재들은 하나같이 소름끼치고, 추상적이며, 불편했다. 선배는 왜 그토록 지금까지 멸시와 비웃음을 참아가며 그런 끔찍한 장면만을 사진에 담고 있는 것일까. H는 거실에서 술에 취해 쓰러져 자고 있는 선배의 모습을 보며 그가 아주 먼 타인처럼 생각되었다. 언

제나처럼 실눈을 뜨고 잠이 든 그가 이편의 일거수일투족마저 감시하고 있다는 느낌이 들었다. 그 실눈이 우물처럼 깊은 렌즈를 닮아 있었다.

항구의 아침은 활기가 넘쳐났다. 하늘은 잔뜩 흐려 있었다. 잠 한숨 자지 않았지만 조금도 피곤하지 않았다. H는 주 선배를 따라 해장국집에 들러 간단히 속을 풀었다. 그때까지도 선배는 이렇다 할 말을 하지 않았다. 서둘러 밥을 먹은 선배는 오전 일찍 배를 타야 한다며, 역까지 배웅하지 못해도 이해해 달라고 했다. H는 그 말이 혼자 역에 가라는 뜻이라는 것을 알았다. 선배는 택시를 잡아주고 나서, 이곳에 온 기념이라며 포장을 한 작은 물건을 건넸다. 지금까지 작업한 사진을 책에 담은 것이려니 싶었다.

H는 택시를 타고 역으로 가는 내내 새벽 암실에서 보았던 사진의 환영이 머릿속을 떠나지 않았다. H는 본능적으로 두 손을 움켜쥐었다. 그러면서 한편으로 그 아주머니가 어떤 분일까라는 생각이 가시질 않았다. 선배의 말대로라면 자신이 찾고 있는 어머니일 가능성도 없진 않았다. 역 앞 부스에는 벌써 신문과 잡지가 가판대에 내걸리기 시작했고, 군데군데 좌판을 벌이는 노점상들의 모습이 보였다. 바닷가 특유의 거친 바람이 얼굴을 때리고 지나갔다. 사람들은 부산한 걸음으로

역 구내를 향해 들어서고 있었다. 그들은 뿔뿔이 흩어져 남도의 비린내 나는 이 바닷가 도시를 떠날 것이다. 가까이서 기적 소리가 들렸다. 항구에 울려 퍼지는 그것에는 묘한 울림이 깃들어 있었다.

선배가 말했던 간이식당에는 폐업이라고 쓰인 안내문이 부착되어 있었다. 물론 셔터도 굳게 내려져 있었다. 옆집 슈퍼에 들러 물었더니, 일흔은 족히 되어 보이는 할머니가 대수롭지 않게 말했다. 잃어버린 아들을 찾는다던가, 얼마 전에 서울역 부근으로 이사를 갔어. 이곳에서 장사한 지는 꽤 오래됐어. 서울에서 자리를 잡으면 바로 내려와 이곳을 정리한다고 하더만. 아무리 늦어도 날씨가 풀리면 다시 오지 않을까.

H는 허탈했다. 담배를 사고는 거스름돈도 돌려받지 않고 이내 개찰구를 빠져나왔다. 기차에 올랐지만 좀체 허허로움을 떨쳐버릴 수 없었다. 기차는 맹렬한 속도로 달려 나갔다. H는 아주머니를 만나지 못한 것이 못내 아쉬웠다. 그 분이 정말 어머니일지도 모른다는 생각이 들었다. 아니, 아닐 거야. H는 고개를 저었다. 다섯 살 무렵 서울역 대합실에서 발견되었다고, 고아원 기록 카드엔 적혀 있었다. 자신이 어머니의 손을 놓쳐버렸는지, 어머니가 은근슬쩍 H의 손을 놓아 버렸는지 알 수 없다. 아니 누가 먼저 손을 놓고, 놓쳐 버렸는지는 중요하지 않았다.

H는 흔들리는 차창 너머를 하염없이 바라보았다. 깜빡 잠이 들었을까. 선배가 준 책이 바닥으로 떨어지는 바람에 잠에서 깨어났다. 책이라도 읽을 요량으로 포장지를 뜯었지만, 그것은 책이 아니었다. 책받침 크기만 한 액자 속에는 어느 아주머니의 사진이 들어 있었다. 사진은 60대 초반으로 보이는 아주머니가 플랫폼을 떠나는 열차를 바라보고 있는 장면을 담고 있었다. 왠지 친숙한 느낌이 들었다. 가슴이 두근거리고 아파 왔다. 액자 틀 속에는 선배의 글씨로 보이는 메모가 끼워져 있었다.

내가 말한 그 아주머니 사진이야…… 아주머니가 머잖아 서울로 올라갈 거라는 말을 했던 것도 같다. 그곳에서 가판대를 하다 보면 혹시라도 아들을 만날지도 모른다는 생각을 하는 것 같아…… H야 지금의 상황을 너무 불안해 하지는 마라. 어차피 삶은 보이지 않는 미로를 향해 달려나가는 과정 그 이상도 이하도 아니잖냐.

H는 다시 눈을 감았다. 그리고 한동안 잠이 들었다 깨어났다를 반복했다. 동시에 몇 번이고 아주머니의 사진과 자신의 손바닥을 번갈아 바라보았다. 실내의 후끈한 열기 때문인지 흉터는 또록하게 푸른빛을 띠었다. 선배가 손 사진에 집착하는 이유를 조금은 알 것도 같다. 손은 그 사람만의 인생이 담겨 있기 때문이었다. 손을 찍으면서 조금씩 사람들이 보이기

시작했다는, 주 선배의 말이 환청처럼 들려왔다. H는 무심히 차창 너머를 바라보았다. 바로 그때, 선배 작업실에서 보았던 핏물이 줄줄 흐르는 손의 이미지가 새하얀 유리창에 펼쳐졌다. 그리고 알 수 없는 소리들이 기억 저편에서 서서히 깨어나는 것을, H는 들을 수 있었다. 이명이 시작되고 있었다.

없음의 있음에 대하여

전성욱_ 문학평론가

1.

이 작가가 바라보는 세계는 황폐하다. 그래서 그의 소설들은 무엇보다 바로 그 불모성에 깊이 천착한다. 그렇다고 그 소설들을 비관론적이라고 말하는 것은 너무 성급한 생각이다. 삶의 불모성에 대한 천착은 이 세상이 살 만한 곳이 아니라는 비관이 아니라, 어떻게 세상을 살 만한 것으로 만들 수 있는가에 대한 고뇌를 표현한 것이기 때문이다. 세상살이의 고단한 피로를 견뎌 나가는 사람들의 얄궂은 운명들을 그렇게 그려낼 수 있었던 것은, 바로 그런 고뇌가 있었기 때문이다. 대체로 예술가들은 세상이 살 만하다고 여기는 자들의 넉넉한 여유와 풍요에 관심을 갖기보다는, 그 여유와 풍요의 이면에 숨겨진 참모습을 파헤치려는 의욕으로 더 맹렬하다. 그 비참이란 그들 각자의 어쩔 수 없는 운명이 아니고, 개인적인 나태와 결함 때문에 그냥 받아들여야 하는 사적인 형벌도 아니다. 개인들의 그 비참이 사회적인 연원을 갖는다는 작가의 자의식은, 그의 작품을 세상에 대한 일종의 항의로 만든다. 물론 그 수난을 개인의 내적인 심리 안에서 깊이 파고들거나, 운명의 차원에서 탐구한 이들이 없었던 것은 아니다. 그러나 내적인 심리나 운명이라는 것 역시도, 알고 보면 삶의 사회적인 맥락과 깊이 결부되어 있다. 그렇다고 이 작가의 소설이 사회구조적 모순과 부조리를 파헤치는 계몽적인 정치소설이라고 말하려는 것은 아니다. 세계의 비참을 개인의 불모한 삶에 대한 탐구로 표현하는 것, 그것이 이 작가가 인간과 삶을 아울러 이야기하는 유력한 방식이라는 것이다.

2

모두 일곱 편의 소설을 알뜰하게 묶은 이 소설집의 각 편들은 서로 밀접하면서도 일관된 자의식을 견지하고 있다. 황폐한 인물의 내면을 장악하고 있는 것은, 있어야 하는 것이 없고 마땅히 가져야 할 것을 갖지 못한 부재와 결핍의 현상학이다. 바로 그 부재와 결핍의 현상학이 개인적 비참의 근거이며, 동시에 사회적 불미함의 징후를 표현한다. 따라서 부재와 결핍의 현상학은 또한 정신분석학적이며 정치학적이다. 그러므로 그 소설들의 부재와 결핍을 자세하게 검토하는 것은, 곧 이 소설가의 주체성을 가늠하는 하나의 단서를 마련하는 일이기도 하다. 이처럼 세계의 구조는 텍스트성의 구조와 밀접하고, 그것은 다시 작가의 주체성의 구조와 깊숙이 연결되어 있다. 정리하자면, 작가, 현실, 작품을 가로지르는 구조적 상동성의 핵심 키워드가 바로 부재와 결핍이라는 것이다. 그리고 그 부재와 결핍이 마땅히 가져야 할 것을 갖지 못한 그들에게 멜랑콜리를 가져온다. 좀 까다로운 말이긴 하지만, 데리다의 개념을 빌려서 표현하자면 멜랑콜리는 부재와 결핍의 현실을 애도하지 못해서 발생하는, 없는 것들의 대리보충(supplement)이라고 할 수 있다.

　부재와 결핍의 복잡한 이면은 무엇보다 구체적인 가족사의 문제들로 현상한다. 누군가는 가족을 일컬어 주체가 생성되는 공장이라고도 했다. 사람은 누구나 가족의 관계 안에서 태어나고 자라서 어른이 된다. 물론 여기서의 가족은 가정이 아니다. 그러니까 가족은 구체적인 실체라기보다는, 한 개인을 둘러싼 배치의 관계이며 그 개인을 규정하는 위력적인 이데올로기이다. 끈적끈적하고 끈질긴, 그래서 가장 심한 고통의 기원이면서 또 가장 큰 위로와 위안을 바라는 복잡성의 처소. 그런 가족이 소설의 서사적 구성요소로서 미학적인 형상화의 차원을 넘어 정치적인 의미를 획득했다는 설명들은 이미 오래되었다. "사생아나 고아, 가족 해체의 코드(혹은 탈코드)가 사회적 변혁을 위한 중요한 요소로 떠오른 것은 바로 근대자본주의 시대이다. 그것은 자본주의 시대에 비로소 사회와 가족이 분리되는 동시에 포개지는 이른바, '오이디푸스 구조'가 출현하기 때문이다. 자본주의적 오이디푸스 구조(혹은 탈구조)에서는, 가족이나 가족해체에 연관된 무의식이 사회질서나 변혁을 위한 근거로 작용하기 시작한다."(나병철, 『가족로망스와 성장소설』, 문예출판사, 2007, 22쪽) 가족 해체의 모티프와 사회변혁의 연관에 대한 이런 설명은, 세계의 비참을 개인의 불모한 삶에 대한 탐구로 표현하는 이 작가의 소설적 방법을 이해하는 데도 중요한 단서를 제공해 준다.

여러 미디어들을 통해 표상되는 가족의 이미지는 훼손되어서는 안 되는 숭고한 집합체였고, 피와 정으로 굳건한 결사체였다. 그러나 언젠가부터 그런 문화적 표상이 가족주의의 이데올로기 비판이라는 흐름 속에서 크게 요동하고 있다. 오히려 이제는 진정한 사랑을 신화화하는 가족의 표상에서 부르주아적 속물성의 욕망을 읽어 내거나, 그 사랑을 미끼로 이루어지는 착취의 구조를 폭로하기에 이르렀다. 가족이라는 결사에 은닉된 불안과 공포 그리고 부조리. 사랑의 진정성에 대한 소망이 헤게모니를 관철시키려는 지배 이데올로기와 단단하게 연루되어 있다는 비판들. 특히 결혼과 출산의 불가피한 기피와 더불어 점증하는 이혼의 풍속은, 가족이라는 굳건한 성채의 퇴락을 구체적으로 가시화한다.

이 소설집에 있는 일곱 편의 단편들에서도 '이혼'은 흔한 현상이다. 이 작가는 이혼이라는 단절의 기억에 사로잡힌 사람이 그 상처 때문에 겪는 생활의 곤경을 주로 그린다. 그러니까 이혼으로써 어떤 관계의 불능을 서사화하고 있는 것이다. 「검은 어항」의 여자는 불임 때문에 이혼을 할 수밖에 없었고, 「복날은 간다」의 윤석은 헤어날 수 없는 생활고 때문에 이혼을 당했다. 「인 더 하우스」의 김 기사는 자기의 외로움을 타개하려는 이기적인 마음으로 결혼을 했고, 결국은 아내의 빚을 계기로 이혼을 한다. 「모래 인형」의 아내는 실직을 하고 빈둥거리는 무능한 남편과의 이혼을 다짐한다. 게다가 아이를 갖지 못하는 남편의 무정자증은 그 '무능'의 더 실질적인 함의이기도 하다.

부부관계의 파탄과 결렬을 의미하는 이혼은, 영원한 사랑이라는 낭만적 사고가 당장의 곤란한 현실 앞에서 얼마나 무기력한지를 보여 준다. 그리고 우리 사회의 증가하는 이혼율은, 무엇보다 일부일처제로 자리 잡은 결혼이라는 문화인류학적인 제도의 균열을 함의하는 것으로 이해할 수도 있다. 이 소설집의 도처에서 이혼의 이야기를 쉽게 만날 수 있는 것은, 가족의 파탄을 통해 그 안정을 무너뜨리는 파괴적인 현실의 실상을 드러내려는 작가의 의도 때문이라고 생각된다.

저마다 이혼의 이유는 제 각각이지만, 더 이상은 부부의 관계를 지속할 수 없는 임계에 이르렀다는 것, 그 임계점이 사실은 이 사회의 부조리한 극점이다. 「모래 인형」에서 그 임계는, 인간의 역량을 모두 소진시켜 끝내 탈진하게 만드는 피로사회의 단면으로 드러난다. "난 병마용갱의 토우였던 것 같아. 욕심에 눈먼 자를 위해 끝없이 나의 생명과 푸르름을 바쳐야 했던…… 보험이라는 것, 사람의 관계를 웃기게 만들어 버리는 제도야. 마치 진시황이 죽지 않기 위해 불노초라는 '보험'을 찾아 헤맸듯이 사람들은 내게서 그런 관계만을 원해. 그들은 나를 한갓 흙으로 빚은 인형으로밖에 생각하지 않았어. 어쩌면 당신도 그들 중의 하나인지도 몰라……." 보험회사 지국의 소장으로 일했던 남편은 실적의 압력에 치이다 사직을 했고, 마침내 스스로를 집 안에 꽁꽁 유폐시키고 음식을 거부하고 야위어 가다가, 결국은 모래 인형이 되고 말았다. 무정자증이라는 병을 갖고 있는 불모의 몸, 그것도 이 남자가 처한 사회적이고 실존적인 곤경을 육체적으로 표현한 것이라 할 수 있다. 그럼에도 남자의 그 불모한 몸과 마음을 전혀 이해하지 못하고, 오히려 그것을 무능의 지표로 읽고 탓하는 여자. 여자는

심지어 남편이 죽어 버렸으면 좋겠다고 생각한다. 이와 같은
소통의 불능이 또한 우리의 쓸쓸한 현실의 한 단면이다. 서로
소통하지 못하는 그 불모의 삶은, 삭막한 모래로 서걱거리는
사막과도 같으며, 아기를 밸 수 없는 여자의 빈 자궁처럼 쓸쓸
하다.

「복날은 간다」에서 39살의 윤석이 처한 상황도 이와 크게
다르지 않다. 학원강사로 일하다가 이혼을 당하고, 반지하에
서 혼자 다섯 살의 아이를 돌봐야 하는 처지. 거기다 그는 치
매를 앓는 아버지를 요양원에 맡기고 있는 상황이라, 이런저
런 비용과 생활비를 마련하기 위해 보신탕집에서 도살을 하는
일을 하고 있다. 아버지는 개장수였고 개도둑이었다. 그래서
늘 개 냄새를 맡고 자랐던 그에게 그 일은 절대로 하고 싶지
않은 끔찍한 일이다. 그럼에도 어쩌지 못하고 그것을 받아들
여야 하는 처지, 그것이 바로 그 남자가 처한 실존의 임계점이
다. 그의 아내는 이런 남자의 딱한 처지에 아랑곳없이 이혼을
결심했다. "정확하게 말하면 윤석과 함께 사는 것은 풀 수 없
는 수학 문제를 두고 끙끙거려야 하는 수험생이 되는 것과 진
배없다고 생각하는 듯했다. 아내와의 이혼은 일사천리로 진행
되었다. 그녀는 부족한 위자료를 받기 위해 월세 보증금에 가
압류까지 걸었다." 세상살이가 그렇듯 부부의 관계도 이처럼
이기적이고 타산적이다. "사는 게 물고 물리는 일"이라고, 보

신탕집의 주인 여자가 그처럼 매몰차게 말하는 것도 다 그런 세상의 이치 때문이다. 그 주인 여자의 남편도 다른 여자를 만나서 그렇게 떠나 버렸던 것이다. 이들에게 한 번 가 버린 봄날은 그들을 떠나가 버린 배우자들처럼, 다시는 영영 돌아오지 않을 것만 같다. 그럼에도 개들은 잡혀서 죽어 갈 것이고, 복날은 가고 또 오게 될 것이다.

「인 더 하우스」의 남자는 자기의 외로움 때문에, 그런 이기적인 이유 때문에 결혼을 했다. "그저 누군가를 사랑하고 싶었다. 그 대상이 그녀가 아니었어도 김 기사는 누군가를 사랑했을 거였다." 원래는 컴퓨터 부품관련 사업을 했지만 사정이 좋지 않아서 접고, 건축물의 안전진단을 하는 업체에서 일하게 되었지만, 회사에서 그는 왕따나 다름이 없다. 그러므로 그에게 결혼은 자기의 지독한 외로움을 타계하는 일종의 방법이었던 것이다. 외롭지 않고 싶어서 하는 결혼을, 이기적이라고 그렇게 쉽게 힐난할 수만은 없다. 그렇다면 자기의 외로움을 위로받고 싶은 만큼 상대의 외로움도 이해할 수 있어야 하겠지만, 남자는 아내의 힘든 마음을 전혀 달래 줄 수가 없는 무능한 사람이었다. 여자는 대학 때의 학비 때문에 사채를 썼다가 그것을 갚지 못해 큰 빚을 갖게 되었고, 그 빚에 짓눌린 여자의 마음을 남자는 알아주지 못했던 것이다. 남자의 그런 무능한 마음은 발기부전의 증상으로 표현되어 있다.

여자들이라고 다를 것은 없겠지만, 이 작가의 소설에서 남자들이 처한 사정은 이와 같이 비참함 속에서 절망적이다. 「블루 핸드」의 남자는 어릴 때 기차역에서 발견된 고아 출신이다. 그래도 나름 열심히 살아왔고, 번듯한 직장인에 되었지만 생존경쟁의 살풍경은 그에게도 예외는 아니다. "서울은 잔인한 도시였다. 늘 내 편을 만들고, 누구 편에 속해야 되었다. 자신을 그럴듯하게 감추어야만 살아남을 수 있는 도시가 서울이었다. 다른 이에게 덜미를 잡히지 않으려면 이편이 먼저 누군가의 발목을 잡아야 했다. 배제와 경계의 틈바구니에서 살아남기 위해선 스스로가 덫이 되어야 했다." 구조조정을 앞둔 뒤숭숭한 상황이지만, 고아인 그에게는 어떤 라인도 끈도 없다. 그렇게 이 남자가 "세상의 모든 인연으로부터 자신의 존재가 끊겨 버린 듯한 쓸쓸함과 단절감"을 느끼는 그 순간이 역시 어떤 임계의 지점이다. 그리고 바로 그 지점에서 남자는 다시 어머니를 찾고 싶은 것이다.

어머니라는 존재의 결핍 역시 이 소설집의 여러 단편들에서 두루 보이는 주요 모티프다. 「검은 어항」의 여자는 어린 시절에 불의의 사고로 부모를 잃었다. 있어야 할 것이 없는 상황, 부모의 결여는 기댈 곳 없는 외로운 처지에서 그 사람을 더 비참하게 만든다. 「검은 어항」의 여자도 지금 그런 끔찍한 처지에 놓여 있다. 「모래 인형」의 부부처럼 이 여자도 불임 때문에 남편과 이혼하게 되었다. 여자는 수능을 앞둔 어느 날 괴한으로부터 강간을 당해 임신을 하게 되었다. 어쩔 수 없이 낙태를 했지만, 그 때문인지 결혼을 하고 나서 임신이 되지 않았던 것이다. 그러니까 이 소설에서의 불임이란 이 사회의 어떤 폭력성과 불모성에 대한 은유이다. 그래서 이 소설에는 그 불모성을 표현하는 매개체들이 여럿 병치되고 있다. '고장 난 냉장고'가 그러하며 '외딴 폐가의 빈 방'이 그러하다. 이는 모두 아기를 밸 수 없는 여자의 '빈 자궁'을 함의한다. 「모래 인형」에서 남자가 그렇게 작은 토우가 되어 버린 것처럼, 폐가의 외딴 방에서 고장 난 냉장고 안으로 비집고 들어가는 여자의 모습은, 일종의 퇴행이라고 할 수 있을 것이다. "옆에서 보면 영안실의 시체 보관함을 닮았다. 부르르- 부르르-. 소음이 환청처럼 귓속으로 흘러들어 온다. 불현듯 그녀는 냉장고가 자신의 자궁처럼 생각된다. 양수가 메말라 버린, 그리고 생명이 움틀 수 없는 죽음의 공간. 갑자기 그녀는 냉장고 속으로 들어가고 싶어진다. 그 속에 들어가 다시는 깨어나고 싶지 않다." 생명을 잉태할 수 없는 빈 자궁을 영혼이 떠나 버린 시신을 담는 관에 빗대는 데서, 지금 우리 삶의 불모성을 극단적으로 표현하고 있는 것이다.

「검은 어항」에서 낙태가 불임의 재앙으로 되돌아왔듯이, 낙태는 사랑 없는 사랑의 폭력성을 상징적으로 표현한다. 「스노우 드롭」에서 30대 중반의 미영에게서 일어난 일들이 그렇다. 미영이 영원한 사랑이라 믿었던 남자는 산부인과의 의사였다. 미영은 자기의 아이를 배게 한 그 남자의 손에 낙태를 당했다. "어느새 창밖엔 눈발이 흩날리기 시작한다. 머잖아 눈꽃이 피어난 자리에서 봄꽃이 기지개를 펼 것이다. 그때쯤이면 한때 영원한 사랑, 변하지 않는 사랑을 믿었던 미영의 가슴에도 그 신화 속의 꽃이 다시 피어날지 모르겠다." 낙태와 불임이란, 이처럼 영원한 사랑의 불가능성을 함축하는 이 시대의 부조리한 기표인지도 모르겠다. 이혼이나 낙태 혹은 불임이 아니더라도, 이 소설집엔 이루어지지 못한 사랑이 드물지 않다. 그러나 이루어지지 못한 그 사랑들은, 여느 연애소설들처럼 절절한 실연의 아픔을 이야기하지 않는다. 미영이 보디페인팅을 하게 된 사연에서 알 수 있듯이, 화가지망생이었던 그의 엄마는 23살에 만난 유부남과의 사랑이 파탄나면서 그 꿈을 이루지 못했다. 그러니까 미영의 보디페인팅은 엄마의 이루지 못한 꿈을 대신하려는 딸의 간곡한 마음인 것이다. 그리고 미영은 낙태를 보조하는 간호사로 일하면서, 또 여자들의 몸에 그림을 그리면서, 그 결렬된 사랑의 상처와 이루어지지 못한 소망들을 아프게 느낀다. "미영은 여자들의 완벽한 몸이면에 무수히 많은 상처가 있다는 것을 알게 되었다." 어릴 때 부모를 잃은 「검은 어항」의 여자에게는 할머니가 유일한 가족이었다. 마찬가지로 엄마가 없는 미영에게 유일한 가족은 치매에 걸린 외할머니다. 외할머니의 치매는 외할아버지가 죽고 난 뒤에 발병했다. 미영이 강수현의 몸에 고독하고 가련한 꽃인 스노우 드롭을 그리고 있을 때, 치매에 걸린 외할머니는 자기의 벗은 몸에 화장처럼 똥을 바르고 있었다. "모든 화려함은, 모든 사랑은 어쩌면 할머니의 저 징그럽고도 화려한 분칠과도 같은 것인지 모른다." 대체로 이 소설집의 소설들은, 이처럼 짝을 잃은 사람들에게서 일어나는, 어쩔 수 없고 어쩌지도 못하는 가혹한 고통들에 주의를 기울인다.

　이루어지지 않은 사랑의 아픈 사연은 「만남의 광장 주유소」에서도 담담하게 변주되고 있다. 어머니는 임신을 했지만, 원치 않는 다른 사람과 결혼을 할 수밖에 없었다. 그런 사정을 몰랐던 남자는 자기가 친아버지라고 믿었던 사람을 연민했으며, 미쳐서 병원에 갇힌 아버지를 버리고 다른 남자(친아버지)를 가까이하는 어머니를 증오했다. 그리고 남자는 사랑했던 강희에게 결별을 통보받는다. 남자와 서로 사랑했던 강희도 어릴 때 부모가 이혼을 했고 의붓아버지 밑에서 힘들게 자랐다. 그래서 강희는 기댈 만한 사람이 되지 못했던 남자 대신, 유치원에 다니는 아들이 있는 주유소의 소장과 결혼하려고 한다. "사람은 누구나 불안정해. 이 세상에 안정적인 사람은 아무도 없어. 마찬가지로 애초부터 정해진 길은 없는 거야. 비바람 몰아치고 파도가 굽이치는 곳이 인생의 바다야." 생기 있는 삶을 살기를 바랐던 강희에게, 이런 생각을 갖고 있는 남자는 위로가 될 수 없었던 것이다. 그렇다고 강희의 삶은 결혼과 함께 구원을 얻을 수 있을까?

이 소설집의 소설들은 이혼을 통해 결혼의 파탄과 가족의 붕괴를 그렸고, 불임과 낙태를 통해 생명의 살림에 반하는 불모의 사랑을 그렸다. 그리고 이들의 삶을 규정하는 또 하나의 깊은 심연은 모성 내지는 부성의 결여이다. 그들에겐 남편이 없고, 아내가 없고, 또 자식이 없지만 무엇보다도 그들은 부모 없이 자란 사람들이다. 마땅히 있어야 하지만 그들에겐 없는 것, 그 없음이 실은 이혼과 불임과 낙태와 전혀 다르지 않은 어떤 존재론적 결핍을 가시화한다. 「만남의 광장 주유소」에서 남자와 강희에게는 진짜 아버지가 없었다. 「스노우 드롭」의 미영도 역시 아버지와 어머니가 없었다. 「검은 어항」의 여자도 미영처럼 부모 대신에 할머니가 유일한 가족이었다. 「모래 인형」의 여자에게 아버지는 밖으로만 나도는 사람이었고, 어머니는 그녀가 초경을 하던 날 자궁경부암으로 죽었다. 「블루 핸드」의 남자는 어릴 때 기차역에 발견된 고아이며, 「복날은 간다」의 윤석의 어머니는 개도둑이었던 아버지에게서 떠나 집을 나가 버렸다. 윤석의 아들 재민은 부모의 이혼으로 어머니 없이 자라고 있다.

부모의 결여가 생활의 빈곤과 정신의 근원적 결핍을 낳는다. 그 결핍을 채우기 위해서 애타게 짝을 갈구하지만, 그런 평범하지 않은 애태움이 그들의 사랑을 파국으로 이끈다. 왜냐면 그 사랑은 자기의 결핍을 채우기 위한 일종의 수단이었기 때문이다. 그렇게 부모의 부재는 또 다른 부재와 결핍으로 이어진다. 그리고 그들의 예사롭지 않은 결핍은 때때로 어떤 증상으로 드러난다. 「블루 핸드」의 남자에게 어머니는 "실체를 알 수 없는, 끊임없이 주위를 맴도는 그림자"이다. 그는 자기가 고아라는 사실을 알고서부터 이명(耳鳴) 증상에 시달린다. 그 심각한 이명은 술을 마셔야만 겨우 진정이 될 수 있다. 「만남의 광장 주유소」에서 남자는 악몽을 꾸고, 「복날은 간다」의 재민이는 이상한 그림을 그린다. 「모래 인형」의 남자는 우울증과 대인기피증에 빠져 있고, 여자는 그런 남편에 대한 살의에 가까운 극도의 분노를 느낀다. 「인 더 하우스」의 남자를 괴롭히는 편도선염과 발기부전 역시, 결핍으로 인한 외로움의 육체적 반응이라고 할 수 있다. 그의 아내가 잠시 겪었던 실어증은 폭력적인 빚 독촉의 충격 때문이었다. 「복날은 간다」의 아버지와 「만남의 광장 주유소」의 아버지가 갖고 있는 정신증도 사회적 부적응의 한 증상이라고 할 수 있으며, 「스노우 드롭」에서 할머니의 치매가 발명하고 악화된 것도 남편의 죽음으로 인한 것이었다. 이 소설들에 두루 나타나는 이런 병리적

인 증상들은, 단지 개인적인 심신의 병증이라기보다는, 현대
에 만연한 사회적 병리에 대한 유비적 표현이라고 할 수 있을
것이다.

　이 소설집에서 눈에 띄는 또 다른 반복의 모티프가 있다.
인물들이 처한 상황을 암시하게 하는 동물들이 그것이다. 「인
더 하우스」에서 구덩이에 빠져 나오지 못하는 고양이가 그렇
다. 「스노우 드롭」과 「검은 어항」의 여자들은 서로 다른 소설
이지만 처한 상황이 비슷한데, 그들에게 다가온 유기견이 또
한 그들의 처지와 닮았다. 「복날은 간다」에 등장하는 유기견들
의 운명 역시도, 이 소설집의 전체 맥락을 생각한다면 그냥 쉬
이 넘겨 버릴 수 없는 생의 참담함으로 다가온다. 반복의 모티
프를 한 가지 더 꼽는다면, 인물들이 거쳐 간 직업으로 학원강
사가 자주 언급되고 있다는 점이다. 「인 더 하우스」의 남자는
미영이 운영하던 피아노 학원에서 만나 결혼을 했고, 「복날은
간다」의 윤석도 같은 학원의 강사였던 아내를 만나 결혼을 했
다. 「모래 인형」의 여자도 결혼 전에 학원강사로 일했던 경험
을 살려 남편의 실직 후에 과외로 생활을 꾸려 나갈 수 있었
다. 「검은 어항」에서 여자는 재수생으로 학원을 다니다 그 학
원을 운영하던 남자와 결혼을 했다. 한 소설집에서 학원강사
라는 직종이 이렇게 집중적으로 나오는 것은 분명 이례적이
다. 그것은 어쩌면 작가의 경험이 투영된 것일 수도 있겠지만,

꼭 그렇지 않더라도 경기의 사정에 따라 변동이 심한 곳이 학원이라는 것을 생각한다면, 그것이 그 인물들이 처한 불안정한 생활의 기반을 표현하는 것으로 이해할 수 있다. 이렇게 이 소설집에는 유사한 모티프들이 일종의 유형을 형성할 만큼 반복되고 있음을 볼 수 있다. 이런 반복이 작가 특유의 소설적 장치라고 할 수도 있겠지만, 그 반복이 유의미한 차이로 변주되지 않는다는 점에서 그것은 미숙함의 지표로 읽힐 수 있다. 그러므로 이런 반복에 대해서는 앞으로 더 깊은 주의가 필요하지 않을까 싶다.

3

나는 여기에 수록된 모두 일곱 편의 단편을 읽으며, 내 나름대로 이 작가의 일관된 생각들을 가늠해 볼 수 있었다. 그것을 일컬어 '없음'의 '있음'에 대한 천착이라고 하면 어떨까? 대체로 그 소설들의 인물이 처한 상황은, 있어야 하는 것과 있었으면 하는 것들이 없다는 것을 전제로 한다. 그러니까 부재와 결여의 부조리가 이 소설집의 기본적인 틀이다. 그리고 그 없음이 파생시키는 실존적 결핍에 대한 이야기가 이 소설집의 요체이다. 그러므로 이 소설들은, 그 결핍이 그들에게 불러일으키는 여러 증상들에 주의해서 읽어야 한다.

현대사회의 근본적인 문제들을 결여와 부재의 조건에서 파생하는 부조리로 탐구하는 소설들은 이 소설집 외에도 이미 충분히 많다. 관건은 그런 없음의 있음을 인식하고 그것을 미학적으로 재구성하는 비범함의 밀도에 달려 있다. 치안과 정치에 대한 랑시에르의 구분을 참조할 때, 현대성의 여러 문제들을 고발하거나 폭로하고, 그것들이 불러일으키는 비참과 울분의 정념을 토로하는 것은 정치가 아니라 치안이다. 진정으로 정치적인 것은, 이 소설이 천착한 저 없음의 있음이 불러온 여러 증상들을 파국의 멜랑콜리로 전유하는 것에서 개시될 수 있다. 멜랑콜리는 파국의 예지에서 비롯되는 감수성이며, 따라서 그것에는 구원의 열망이 내재해 있다. 우리의 많은 소설들이 멜랑콜리와는 멀리 떨어져 치안과 정치 사이를 겉돌고 있다. 익숙한 것들의 진부함을 떨치고 전혀 다른 감수성의 배치를 창안해 내는 것이 정치이다. 그렇다면 우리가 이 소설집에서 읽을 수 있는 것은 치안인가, 정치인가?

　소설 쓰기도 어렵지만 소설 읽기는 더더욱 어려운 시대다. 한가하게 소설 세계에 빠져 있기에는 우리 삶이 소설보다 훨씬 '소설적'이고 극적이기 때문인지 모른다. 그럼에도 소설을 생각하고 쓰게 되는 것은 처음 문학을 공부할 때 가졌던 생각과 무관치 않다. 그것은 가장 재미있는 일의 토대는 사람 사는 이야기(스토리)이며, 그 이야기를 가장 의미 있고 극적으로 전달해 줄 수 있는 그릇으로 소설을 능가할 '도구'가 없다는 나름의 믿음 때문이다.

　이번 작품집은 몇 해 전에 써 두었던 소설을 개작한 것들이다. 부족함과 안타까움이 없을 수 없다. 시간이 흐른 만큼 처음 작품을 쓸 때의 느낌과 편린들은 희미해졌지만 얼개를 엮어 나가던 때의 잔잔한 떨림은 여전히 남아 있다.

　예전에는 소설을 어렵게만 생각했다. 또한 복잡하고 더러는 고리타분하다는 생각도 했었다. 변화무쌍한 시대에 소설을 생각한다는 것 자체가 사치스럽게 느껴졌던 것이다. 그러나 삶의 이면, 한 꺼풀 열어젖힌 세상의 민낯을 보기에는 소설만큼 적확하면서도 진실한 장르는 없는 것 같다.

　누구인들 소설 같은 삶을 살아오지 않는 이가 있을까. 소설 같은 삶, 소설 같은 인물, 소설 같은 사건, 소설 같은 장면이 하루에만도 몇 번씩이나 우리들 곁에 출몰하지 않는가. 그 점이 바로 창작의 시간에 몰입하도록 강제한다.

성급하지도 그렇다고 게으름을 피우지도 않겠다. 이 무정하고 쓸쓸한 세상에서 나의 문체와 정서로, 나의 글을 쓸 수 있다는 사실에 무한한 감사를 느낀다.

사랑하는 와이프와 아들 그리고 늘 나를 위해 새벽기도를 빠지지 않는 어머니와 장모님께 감사의 말을 전한다. 소설책 발간을 위해 애써 주신 『문학들』편집팀에도 감사를 전한다.

박성천

복날은 간다 박성천 소설집

초판1쇄 찍은 날 | 2015년 11월 26일
초판1쇄 펴낸 날 | 2015년 12월 1일

지은이 | 박성천
펴낸이 | 송광룡
펴낸곳 | 문학들
등록 | 2005년 8월 24일 제2005 1-2호
주소 | 61489 광주광역시 동구 천변우로 487(학동) 2층
전화 | 062-651-6968
팩스 | 062-651-9690
전자우편 | munhakdle@hanmail.net
값 12,000원

ISBN 979-11-86530-12-2 03810